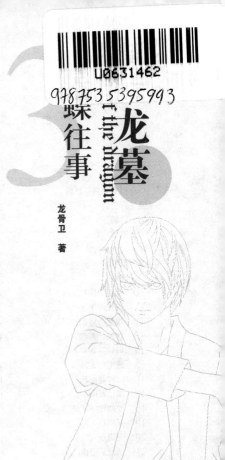

龙墓
蝶往事
of the dragon

龙骨卫 著

神秘的无限步导师竟然是他……

为了尽快掌握传说中的位移神技，早已绯闻缠身的周贤不得不与校花同居一室。国战在即，一干玩家被周贤用障眼法忽悠得如堕五里雾中……

大帝任务究竟还面临着多少艰险和危机？本集将继续带你走进亦玄亦幻的"传奇世界"……

目录
Contents

19 无限步入门（上）

想到黄颖玥也曾经利用这个很囧的单机小游戏进行无限步技巧入门的学习，周贤也只能忍住无奈，老老实实地推进剧情。

在这个单机游戏世界里，周贤穿着一身粗布衣服，腰间挂着一把连鞘的铁剑，脚下是一双不知道什么兽皮粗制滥造而成的靴子。

"有把武器就算是勇者了……"

周贤觉得这种设定有点无力，但是他依然耐心地收集着跟那个什么逆天神塔以及那个什么魔王有关的情报。

好不容易说服了那些看来 AI 很低但是吐槽天赋 MAX 的村民 NPC，周贤终于获得了关键道具——通往后山的地图。

实际上，这地图简陋得都没下限了，无非就是几个圆圈表示小山头，一根穿过几个圆圈间隙的虚线表示进发路线，而一个黑色的大叉表示目的地所在。

周贤看完地图，不禁想着：这有没有地图有区别吗？你们直接给我把方向一指，我自己摸索过去也不见得比照着地图走差多少。

以这个是个人完成的单机游戏作品为理由安慰了自己一番，周贤抽出了腰间的那把没有标明任何装备属性的铁剑，踏上了囧囧的闯关之旅。

走出这大概也就十多户人家规模的村子，周贤又穿过了一片菜园，接着就看到一片有一条小河贯穿的稀疏树林。

不知道是因为物理引擎的缺失还是其他什么原因，树林里的树木一动不动，树叶和枝桠全都呈现出静止的状态。

而那条缓缓流动的小河，倒是亏得有那么一点水纹效果，但周贤估计这也是辉哥不知道从哪里拖来的美术素材的缘故，不然这小河就得跟一匹发光的绸缎似的铺在地面上，显得更加的怪异。

不过周贤左右看了一下，发现了一个问题——这小河上没有桥！

向远方望去，那片群山就在河的另外一边。不能穿过这条小河，就不知道要从哪里绕多远的路才能走到山里去。

正当周贤想着是不是能涉水过河的时候，一只硕大的五彩羽毛、赤红冠子的公鸡从河的上游拨水游了下来。

那只大公鸡看了周贤一眼，居然开口说："这条河很深很深，那些想要涉水过去的人会被淹死的，我劝你不要有这样的想法。毕竟你们这些人类不能跟我这样的动物比，天生水性就……"

周贤木然地说："公鸡也能游水，这个可太违和了。"

"切，公鸡能说话不更违和吗？"那只大公鸡用不屑的语气说，"反正想过河的，都需要我驮过去。只要你能满足我的一个条件，我就免费带你过河，如何？"

"免费？"

周贤一摸口袋，得，一个子都没有。就算是想付钱过河，这钱也不知道上哪儿弄去。而且，这个小任务搞不好就是辉哥设计的学习无限步技巧入门的关键，还是老老实实地按照大公鸡所说去做吧。

"好的，你说吧，要满足你什么条件我才能过这条河？"

大公鸡一振翅膀，扑腾几下之后上了岸，对周贤说："很简单，你要是能在一分钟内躲过我的攻击，一次都不被叮到，那就算是符合要求，我就可以帮你过河。"

"果然是训练无限步入门的小游戏！"

周贤眼前一亮，然后飞快地点头："没问题，我的移动范围是多大？"

大公鸡骄傲地一昂头："随便，这块空地加上那片小树林，你想怎么躲就怎么躲。反正待会儿我开始攻击了，你就知道你的想法是徒劳的。"

三大位移神技傍身这种事情我怎么会告诉你！

周贤腹诽一句，然后摆开架势，随时准备应付这只大公鸡的进攻。

"我开始了！"

大公鸡高喊一声，身子突然化作一道五彩光华，划出一道道残影扑向周贤。

"我勒个去，这是什么速度？"

周贤根本还来不及挪开几步，就直接被那大公鸡的嘴给叮了一下，然后身上就是一阵阵带着麻痹感的剧痛，仿佛是被蝎子蜇了一下似的。

这个很囧的小游戏，竟然还开了疼痛触觉系统！

虽然这个疼痛触觉系统感觉上不像黑暗天使那个空间里的如此变态，但是辉哥这个小游戏世界里的疼痛还附带酸麻等各种其他感受，混搭起来也很让人吐血。

现在周贤被大公鸡叮到的左腿就像是不属于自己似的，抽搐中的酸疼让他站立不稳，直接坐倒在了地上。

大公鸡很得瑟地飞上了一棵小树的枝头，乐不可支地说："哈哈哈，你以为我的条件是那么好达到的吗？告诉你，能够通过我这关的可没几个人！"

周贤歇了几分钟之后，左腿上那种酸痛和麻痹的感觉渐渐消散，站起来说："你是速度太变态了，让人猝不及防之下才中招的。再来再来，我就不信一直都躲不开你的攻击！"

"好，反正只要你支撑得住，我有的是时间！"

大公鸡再次高喊一声后,从树枝上飞扑了下来。

这次周贤学精了,那大公鸡刚刚有动作,他就果断地使用侧步移动技巧来横向拉开距离。

这只大公鸡的速度太变态了,周贤估计丫的直线运动的速度比游戏竞技模式下战士使用突进技能的速度还要快上两三倍。如果不做变线移动,三两下就要悲剧。

果然,这大公鸡速度虽然快,但是在周贤持续的侧步和 Z 字移动的变线组合之下,前几次攻击都扑空了。

"不错嘛,看来我也要稍微认真一点了。"

大公鸡口中说着,速度竟然又提升了一些,然后几乎是双脚离地使用滑翔的方式,划出一道弧线之后叮向周贤。

周贤反应也不慢,下意识地一个反步想要躲开大公鸡攻击的轨迹。但是这大公鸡右爪在地上轻轻一点借力,硬生生地挪出一点变化的轨迹来,然后就在周贤的脚踝上狠狠叮了一下。

"噗通"一声,周贤又是脚踝一阵酸麻的剧痛,直接倒地不起。

那只大公鸡正想自鸣得意地说点什么,一个声音突然从树林里传来:"年轻的勇者,你这样是没什么用的。来,我教你怎么对付这个脑残的大公鸡。"

20 无限步入门(下)

周贤猛地转过头去,发现从树林里走出来一只半人高的黄色大猴子。

这猴子看着像素也不高，身上黄色的短毛纠结成一撮一撮的，就像有些年头没洗过澡似的。

"居然是你这个死猴子！"大公鸡拍着翅膀大叫，"你又要拿你那套歪门邪道的玩意来坑人了！"

猴子嘿嘿一笑："年轻的勇者，不用理会这只瘟鸡。来，我来告诉你如何尽快躲避开这只瘟鸡的法子。"

"你个死猴子，谁是瘟鸡？你给我说清楚，不说清楚我叮死你！"

猴子挤眉弄眼地嘲讽着："来啊来啊，谁怕谁啊！"

"受死吧！"

大公鸡怪叫一声，身子再次如滑行一般向前猛冲。那只猴子马上就地一滚，灵活地避开了大公鸡的第一下冲击。

周贤心中一动，开始注意起那只猴子的活动来。

这只猴子显然是没有周贤这种三大位移神技的底子，但是它对大公鸡的攻击预判比较准确，同时身子活动起来的时候不仅仅是靠脚下的移动，而是浑身都在配合着扭动进行闪避。

反正这个猴子也不讲究什么形象，逼急了懒驴打滚之类的动作也层出不穷地出现，模样虽然狼狈，但是说什么都没有被那大公鸡叮上一口。

没多久，大公鸡就停了下来，气愤得口中乱骂，有些语无伦次的样子。

猴子高兴地跑到周贤的面前说："看明白了吗？"

周贤想了一下后说："明白了一点，但不是特别的明白。"

"你们人啊，就是太相信自己的脚，同时也胆子太小了。"猴子笑眯眯地说，"就像你刚才那样，虽然步法相当的飘逸好看，但是却并不能很有效地避开那只瘟鸡的攻击,因为在你心中想着的还是整个人彻底避开对方的攻击轨迹,这样一来,你只能靠你的双脚高速移动之下带动身体进行躲避。但是实际上,就算你的双脚来不及躲避,但是身子能够稍微扭开,避开敌人攻击的那个点,就已经算是完成了一次有效的闪避,何必拘泥于双脚必须带动身子彻底地躲开呢? 你的目标不就是不被攻击到而已吗?"

"嗯?"

周贤虽然不确定这个东西在电子竞技模式之下是不是靠谱,但是现在看来,用来躲避大公鸡那种妖孽速度的攻击还是有点效果的。

"来,有几个基础的闪避动作,你是应该要掌握的。"

这猴子倒是很有耐心,开始给周贤传授起几个身体活动的技巧来。

半个小时之后,周贤再次开始了躲避大公鸡的挑战。这一次,他开始注意不仅仅是要靠自己的脚,而且要加上对大公鸡冲刺轨迹的预判,进而决定如何挪动身子来配合自己的脚步进行闪避。

果然,按照猴子所传授的方法,周贤的躲避概率提高了一些,支撑的时间从过去的十秒左右顺利地提高到了三十秒。

"太弱了啊!"大公鸡每次放倒周贤之后,就高声地叫嚣,"少年,你距离支撑一分钟还差得远呢!"

周贤等到身上那种酸痛的感觉消散之后,就会马上站起来,重新开始挑战。他相信靠着经验的不断积累,自己的闪避时间一定会再次提高的。

"小心一点,双脚的移动要保持好节奏,不要因为对方的速度变了你就自己先破坏了节奏进而被追上!"

"不要在意形象!你刚才老老实实把屁股使劲扭向左边,就不会被攻击到了!"

"对对对,翻滚也无所谓的!狼狈是狼狈了点,总归比被攻击到的强!"

周贤每次挑战的时候,那只猴子就会在旁边上蹿下跳地大声吆喝,努力提醒着周贤在移动中需要注意的地方。

而在不断的挑战当中,周贤发现了一个平时经常被忽略的动作——翻滚。

不管在游戏模式还是在电子竞技模式下,作为一个位移技巧,翻滚几乎是不会有什么人去使用的。

原因有两个,第一个就是在翻滚状态下,角色是无法释放技能的。

侧步反步还有Z字移动当中,都可以用一定的硬直代价来释放技能,也就是边移动边保持攻击输出的压制。这样在制造对方硬直的情况下,可以保持相对有利的局面。

但是如果纯粹的移动而不能施展技能,这基本上就像是被对方压着打一样,大家都比较忌讳在竞技模式下处于这种状态。

另外一个原因,就是这个移动方式实在太难看了……

竞技模式下的对战往往会有人围观,而那些正式的比赛,观众甚至可以是数十数百甚至全国都在看实况直播,这种情况下被人打得跟狗一样在地上打滚,就算是为了避免被攻击,那场面也实在是让人觉得太违和了。

不过现在周贤却发现,翻滚这个动作要是跟其他的位移技巧衔接得好,那么对于躲避对手的攻击其实是有很大帮助的。

至少在目前来说,对躲避大公鸡的那种高速直线冲击就非常有用。

随着一次次的失败后因为酸痛麻痹而跌倒,周贤能够支撑的时间也在一秒一秒地提升。从三十秒开始,渐渐地能提高到四十秒的程度。

但是到了后面,每提高一秒都变得特别艰难。这个时候,猴子已经没什么好提醒的东西了,剩下的都是周贤自己在苦苦地支撑,靠自己身体对移动的感觉提高而获得经验的积累。

不知不觉的，除了中午的时候周贤自己跑出去吃了点东西，其他时间就消耗在了这个小游戏当中。

当时间到了下午，周贤猛然想起了一件事情——今晚好像要请李初遇吃饭！

取下头盔，周贤拍拍自己的脑袋，庆幸自己没把这件事情给忘记了。毕竟李初遇现在是龙墓社的社团经理，这个人情还是得有个说法的。

用通讯器给李初遇发了个消息后，周贤很快收到了她的回应。

"晚上咱们在哪里碰头？"

周贤为了图方便，直接回信息："就在二档街和五星街交接处吧，这边有一家西餐的馆子看起来还不错呢。"

李初遇那边好像沉默了一阵子，然后回了一句："好的，晚上见。"

21 国战的资格（上）

当天色渐晚的时候，慢慢低垂下来的夜幕就被无处不在的霓虹给驱散了不少。

二档街与五星街交会的公园口这里，就已经开始有点热闹的迹象了。

公园门口的大榕树下，那些穿着崭新的衣服，有些身上还喷点香水的男生纷纷在那里翘首以盼。

不过今天跟往常不一样，大家聚拢在了一起，正在交谈着什么。

"开玩笑吧？昨天你们看到有个初中部的学弟把中学部十大校花之一的黄颖玥给约出来了？"

"擦，这还能骗你？好几个兄弟都亲眼看到的，大家纷纷表示当场就想跪了啊！"

"我勒个去哦，现在的年轻人如此彪悍加逆天，真是没有活路了。不过这个事情也太玄幻了吧，十大校花可还没听说有哪个被人给追到手呢。"

"你没看学园的八卦电子报吗？之前就说过有一个初中部的男生拒绝了李初遇和苏小月两人舞会上做舞伴的邀请……"

"切，学园八卦电子报经常夸大其词无中生有，这玩意你都还信？我可就从来不看这种荒诞的玩意，那都是给小女生看的，纯爷们无视之！"

"你怎么知道这个玩意不可信？"

"这不废话吗，你看看学园八卦电子报中订阅最火的《中州学园精选》还有《学园咨询速递》这两个，今年的三月份两份电子报就纷纷针对高中部三班的物理老师是火星人这个话题展开爆料，这扯淡程度可见一斑了吧？另外还有四月中旬的陨石即将撞击学园东边的专题……"

"咳咳，兄弟你确定是从来没看过这些八卦电子杂志么……"

周贤走到公园口的时候，看到这里一反常态的有人在围成一圈扯淡，顿时好奇地走过来看看大家在聊什么。

听到话题好像在围绕学园八卦电子报不靠谱，周贤共鸣就来了，赶紧插嘴说："那些八卦电子报就是一个比一个不靠谱，全都靠标题党和胡编乱造来唬人的，这些没营养的东西还是少看的好。"

一个大学部的男生转过头说："话可不能说得太绝对，要知道空穴来风必然……啊，这不是昨天那个初中部的学弟吗？"

"哦，龙哥你说的那个学弟就是这个？"

原本在讨论的一群人一下子都转过来，对周贤展开了惨无人道的围观。

"长得很普通啊，不像是特别牛的样子。"

"也不像是富二代啊，这一身泡妞的行头低调得有点过分嘛，都是大众牌子。"

"难道是某些方面天赋异禀？"

"能追到黄颖玥，不该是如此平庸之辈啊，这不科学！"

周贤一看这架势，就知道祸事了，当下连连摆手："没有的事情，大家可别瞎说，我可是一个女朋友都没有的。"

周贤正想解释，背后突然有人喊着："喂，周贤，你在那干吗？"

这个声音婉转悦耳，一听就让人觉得浑身舒坦，于是一群人就同时望过去。

站在街道边上的，正是学园的舞蹈精灵李初遇。

李初遇今天穿的是一身淡蓝色的水洗磨白牛仔服，长发在脑后束成马尾，在风中轻轻飘动着，有一股说不出的飒爽精神。

尤其是那牛仔裤还是小脚裤型，十分塑身，让她本来就修长的双腿更加窈窕动人。

周贤有点尴尬地笑了一下，跟已经石化状态的龙哥他们几个挥挥手告别，就迎着李初遇走了过去。

一直到周贤和李初遇的背影消失在二档街另外一边的时候，龙哥才颓然地坐在榕树边的石凳上，默默地掏出一根烟点上。

其他几个难兄难弟也都沉默了好一阵，接着才有人说："这就是传说中的扮猪吃老虎啊，特地来这里秀逆天的吧。"

"膜拜，一定要膜拜！这个学弟，绝对是咱们中州学园传说级别的存在了！"

"回去我就把所有的学园八卦电子报都订阅一遍，谁再跟我说这些是骗人的我就跟谁拼了！"

这些个极品的讨论，周贤自然是听不到了。他跟李初遇走了一段路，然后就进了五星街的一家名叫摩西咖啡馆的店里。

这是一家兼营简单西餐的咖啡馆，除了一般的磨铁卡普奇诺热可可等饮料之外，牛排也是这里的一绝。

不过对于中州学园的学生来说，这种小资的饮食跟二档街那里几块钱就能管饱的小吃相比，性价比就不太划得来了。

但是这家咖啡馆里摆设比较别致，从货架到写着餐饮价格的黑板还有一些盆栽的布置，处处都显出了一股精致的人文气息。

这里的格调跟那些大方桌一摆随时有人过来拼桌并且室内还有油烟味的小吃馆子比起来，更加适合两人清静地随意坐坐，吃点东西。

周贤让李初遇先点了东西，自己就随便点了一杯热可可外加一份黑椒牛排。

点完之后，周贤一时不知道说什么话题合适，想了半天才开口说："呵呵，周末有没有上游戏玩啊？"

李初遇微笑着点点头，然后对周贤说："我这段时间都在努力学习游戏里 PK 相关的东西，后来还接到一个有趣的任务呢。昨天和今天，我趁着周末有时间，就顺带把这个任务给跑了。"

"哦，有趣的任务？"周贤想起自己那个要吐血的大帝任务，暗暗叹口气后问，"不知道李初遇同学你接到的是什么任务？"

"周贤同学估计你不知道吧，我以前在游戏中是个美食玩家。"李初遇说，"后来为了给你们当个称职的游戏社团经理，就开始学习跟战斗有关的游戏内容。听说参加那个什么国战是积累战斗经验最好的办法，所以我也去接了一个能获得参加国战资格的前置任务。"

"国战资格？"

听到李初遇这么一说，周贤顿时想起了自己为了那个国战资格，去天宝城下的那个魔金矿洞之行。

"正常的前置任务要折腾很久的，未必赶得上最新的一期国战啊。"周贤突然想起自己当初为什么这么折腾，不禁有些好奇地问，"李初遇同学，你跑的是什么前置任务？"

22 国战的资格（下）

李初遇手指轻轻地在桌面上点了几下，回忆了一会儿然后说："我之前不是美食玩家吗？在游戏世界中的美食联盟里，我可是四星级大厨呢。我报名的是军需类任务，给军队制作有缓慢恢复体力效果的耐保存食品。以我的美食制作功力，完成这个任务并不难啦，所以就获得了后勤项目的参战资格呢。"

"后勤项目？"

周贤一想，自己那个匠师职业参加国战，就是军需类的后勤项目，搞不好到时候还会跟李初遇碰上。

两人又闲聊了几句，然后服务生就给先上了两人要的饮料。

周贤一直受不了咖啡那种苦味，所以点的热可可带着浓浓的巧克力香甜，喝下去感觉还是挺舒服的。

李初遇轻轻喝了一口卡普奇诺之后，对周贤说："游戏世界的国战好像很凶残的样子，我看了一些资料，之前担心自己这点等级上去就是炮灰的，不过因为跑这个前置任务的时候触发了一个隐藏的支线任务，等级一下子就达到了五十五级，可真是运气好呢。"

周贤差点没把嘴里的饮料给喷出来，老半天后才惊讶地问："一下子就达到了五十五级？李初遇同学，你之前是多少等级啊？"

"我之前还不到三十级呢！"李初遇高兴得用手指比划一个 V 形，"怎么样，我运气确实不错吧。不但等级提高了，我还获得了一套美食家专用的套装，感觉属性上还挺好的，仿佛是亚神兵级别的套装呢。"

一口气提高了二十多级，还附送一套亚神兵级别的套装，周贤不用想都知道这肯定是奇遇任务的范畴了。

略打听了一下任务流程，周贤就越发肯定这一点——李初遇在跑这个国战前置任务的时候，遇到一个伙房里负责劈柴的 NPC 老爷爷。

这个老爷爷在试吃李初遇做的美食时，也不知道怎么就吃上瘾了，结果为了让李初遇继续弄吃的来，老爷爷送出了大量的好处，从能提高大量经验的丹药到装备，很是被压榨了一番。

游戏世界里的 NPC 也是到处藏龙卧虎的，这个老爷爷估计就属于那种低调隐世的高人，只是不知道是多少级别的高级 NPC 了。

要想跟这种高级的 NPC 发生互动，那是相当困难的。所以奇遇任务一直以来都十分稀少，能够遇到的玩家那真是撞上大狗屎运了。

等到两人点的食物上来，就开始解决晚饭问题。

周贤不太熟练地用刀叉应付七分熟黑椒牛排的时候，突然想到个事情，然后就故意用漫不经心的语气问："李初遇同学，你之前在学园舞会上排演的那个梦蝶公主的舞蹈挺不错的……那么你是不是研究过这个游戏里传说级别的 NPC 的事情啊？"

李初遇点点头，放下了手里的刀叉后说："是的，这个故事一开始，我是从一个同人 COS 剧视频上看到的，一看之后就被吸引了。然后特地去做了一些功课，收集了不少关于冥蝶公主的故事，自己还整理成了一本小故事集呢。当然，这个故事集里有不少东西是我自己靠想象发挥的，毕竟这个妖族最后大圣高手之一的冥蝶公主的传说，在游戏中已经十分支离破碎了。网上找到的资料，很多都是根据一些玩家触发了一些相关的任务后撰写的任务流程里凑出来的。"

周贤顿时眼睛一亮："嘿，那可真不错的。上次的舞台剧之后，我也对这个冥蝶公主的故事很感兴趣呢，李初遇同学能不能把你这个故事集给我发一份哪？"

"当然没问题！"李初遇很高兴地微笑着说，"你稍等一下，我直接从网络存储空间里给你转发。"

说完，李初遇从随身带的小提包里拿出了通讯器，然后轻轻按了一个按键。

随着轻轻的一下电子声，一个虚拟的屏幕就投影在李初遇面前。她修长洁白的手指在这个虚拟屏幕上轻轻划拉几下，一道绿光轻轻闪动。

周贤的通讯器上同时也轻轻地震动了一下。他打开自己的通讯器，选择了与自己的神经网络芯片链接。

通讯器与神经网络芯片链接之后，周贤的视网膜细胞会接受到神经网络芯片的信号，然后面前出现一个只有他才能看到的长方形电子屏幕。

这个电子屏幕的中央有一行系统信息：您收到一个来自通讯录好友的全新多媒体文档，是否需要接收？

周贤轻轻地在"是"这个选项上点了一下，还顺带点了"接收"，接着一本虚拟的图书就在那电子屏幕内徐徐打开。

电子图书的第一页，就是一个风姿动人的女子形象。她手中拿着一把金色长剑，浑身披挂着色泽亮丽的甲胄，模样很接近周贤在那龙族墓地中所见到的那个幻象。

不过马丁路德金这个小东西倒是没有出现在这个女子的身边，也不知道是不是大圣圣兵的器灵形象并没有随着冥蝶公主的故事一起流传下来。

周贤随意地将牛排切成好几条，然后右手用叉子将牛肉送进嘴里，左手轻轻地滑动电子图书的书页，开始看着李初遇整理的这个关于冥蝶公主的故事集。

冥蝶公主是半妖之体，这个基本上地球人都知道了。不过冥蝶公主逃离自己王国、颠沛流离中寻找自我的故事，经过李初遇的整理之后就清晰了许多。

这个公主逃进了九龙荒泽之后，好几次都遇到了几乎致命的危险。在那个正常猎人都很难生存的恐怖沼泽荒原中，她顺利激发了体内那一半妖族的血脉，提高了自己的实力。

但是按照正常情况来说，半妖之体中因为人族和妖族的血脉各半，所以半妖不管是修行人族的功法还是妖族的功法，都是事倍功半的局面，几乎没有半妖最终修炼到老祖级别的先例，顶多是到了尊使就属于逆天的成就了。

冥蝶公主之后应该也是有了什么奇遇，最后实力提高到了老祖级别，已经算是半妖的巅峰成就。只是后来传说她用龙族血液沐浴云云，成功洗经伐髓脱胎换骨，最终得到了成为大圣的契机。

看到这里，周贤下意识地想——光靠龙族的血液沐浴顶个什么事呢，莫非冥蝶公主当初用的也是兽魂醒脉法？

23 冥蝶往事

看到周贤发呆的样子，李初遇知道他是看自己发过去的那个故事集入神了，心中倒也不禁有些高兴。

这本故事集耗费了李初遇不少的心血,毕竟要从各种零零碎碎的网络资料中整理出一个脉络来,可不是一个简单的工作。

而那些任务中不可能出现的细节,则让李初遇耗费了不少脑细胞来慢慢推敲。有时候她会列出好几种推敲的可能性,最后经过很多的思考后选择其中最为合理的一种。

到了这个故事的后期,各种千丝万缕的线索让李初遇的撰写工作越发的艰难——有时候她不得不想尽办法来验证网上收集到的资料是真实的任务攻略还是玩家自己瞎编的同人。

周贤在看这个故事的时候,也发现了李初遇所耗费的心血。尤其是这个故事集的后面关于冥蝶公主的故事,大部分都是要靠个人推测了。

在游戏世界中,跟冥蝶公主有关的线索基本上集中在她成为妖族大圣之前。那是个半妖在人类世界和妖族世界都不受待见的时代,冥蝶公主在九龙荒泽中的冒险结束之后,曾经依附在一个名为不灭仙岛的妖族势力之下。

这个势力依靠不灭仙岛这个洞天福地进行修行,但是这个地方具体对应在游戏世界的哪里就只有天知道了,李初遇也没有足够的信息将这点推导出来。

不灭仙岛的岛主倒是一个当时的妖族大圣,人称灵光岛主或者灵光大圣。

依附于不灭仙岛之下的一百五十年间,冥蝶公主不知道是有什么缘法,最终得到了灵光岛主的青睐,收为亲传弟子之后,终于晋级为老祖级别的妖族高手。

而在不灭仙岛中,灵光岛主座下的亲传弟子,加上冥蝶公主一共有四名老祖级别的存在。

除了冥蝶公主之外,周贤发现了一个值得注意的名字——四大不灭仙岛老祖中，有一个排名第三的，叫做流云老祖。

"流云老祖？流云观一脉的创始人哪！"

周贤心中一动，稍微回想了一下当初在天外天荒原上以及在雷霆崖那里得到的信息，接着继续研究这个故事。

灵光岛主座下四大弟子，大师兄拓拔老祖本体是一只狄天火雀，战力之高已经堪称半步大圣。

二师兄铁面老祖则神神秘秘，很少在人前出现，终日不是闭关就是云游，所以此人流传下来的信息十分稀少。

三师兄流云老祖则一表人才，风流倜傥，为人也十分风趣幽默，在不灭仙岛上算是跟大家相处得非常之好。

在冥蝶公主刚成为灵光岛主的亲传弟子之后，流云老祖对她倒是关照很多。按照李初遇的八卦推测，这个流云老祖是喜欢上了冥蝶公主。

妖族之中也有婚嫁，不过那是针对尊使级别以下。到了老祖这个级别，基本上则是视为道侣，为共同修行的最可靠伴侣。

李初遇并不知道当年在不灭仙岛上的流云老祖是否有向冥蝶公主请求结为道侣，但是从最后他孤身一人创建流云观来看，显然跟冥蝶公主没有走到一起。

在不灭仙岛上，冥蝶公主显然是一心苦修，没有多少事情是值得多费笔墨的。倒是不灭仙岛最后的结局让周贤很是吃惊。

这个势力，最后竟然被一个来历不明的妖族大能给摧毁了。

根据李初遇收集到的各种信息推测，这个大能很可能是当初带领海族大联盟进攻中土的一个妖族枭雄。

这个妖族枭雄，仿佛被称为九幽大人。

理论上来说,妖族高手的修为达到了大圣级别,就算是十分逆天的存在了,但是当时那个九幽大人显然是超越了大圣级别的存在。

不灭仙岛、陷空山、小蓬莱、霞光洞……这些在大陆东方临近七修海的大势力,一个个都被九幽大人带领的海族席卷而过,最终宗门被灭。

整个不灭仙岛中,仿佛就是流云老祖和冥蝶公主残存下来。

流云老祖后来有什么际遇,那就不是李初遇所关心的事情了。冥蝶公主则显然是要为不灭仙岛复仇,开始了四处闯荡寻求晋级大圣级别存在的机缘。

作为妖族中近乎顶尖存在的大圣,哪怕是有着高贵血统的纯血妖族,晋级机会都不大,而作为半妖存在的冥蝶公主,晋级之路则更是无比坎坷。

为了让自己本体的冥蝶之力觉醒得更加彻底,冥蝶公主曾经混入幽冥山,从山腹的黄泉路向下一路跋涉,经历九死一生,抵达大地深处的黄泉母河。

传说这里是一切生灵死后魂魄的皈依之所,如同沉睡在母亲怀抱中一样,因此被称为黄泉母河。

世间生灵接近黄泉母河,则很有可能被勾出魂魄,强制死亡,因此这个地方的凶险已经无法用言语描述。但是冥蝶公主在此间修行十数年,其间的苦难真的比从炼狱之中走一遭也不遑多让。

可是这样残酷的修行,尽管唤醒了她体内的冥蝶之力,却也仅仅是半步大圣,无法最终突破。

半妖体质能被冥蝶公主修炼到半步大圣的境界,已经算是接近前无古人的成就,再上那半步则是毫无可能之事了。

心灰意冷的冥蝶公主觉得报仇无望,最终隐居在深山之中。不知道过了多久,她遇到了生命中的那次重大的转折。

冥蝶公主,遇到了龙五太子。

其实这段传说,游戏里的线索十分之少。冥蝶公主跟龙五太子的恩怨纠葛,也是以零碎的古代传说方式在游戏世界中流传下来。

李初遇也是根据后来冥蝶公主在与龙五太子家族的纠缠当中最终真正晋级,成为妖族最后的大圣之一,推测出了龙五太子是冥蝶公主突破半妖之体束缚的关键。

不过在晋级成为妖族大圣之后,冥蝶公主并没有成为那种极其显赫的存在,应该是在某次的冲突当中如其他妖族大圣一样,最终消失在了历史长河当中,再也没有下文了。

看到这里,周贤不禁开始仔细回忆起龙族墓地中看到的景象——很可能存身在那个巨大血茧之下陷入长眠状态的冥蝶公主,到底是被什么存在给重创了?

而那个栖身在巨龙头颅之中,浑身鲜血淋漓并且被无数铁链捆住的怪人,又是何方神圣?

这些个问题,在李初遇的故事集中,已经找不到答案了。

周贤看完这个故事集,盘中的黑椒牛排倒是已经消灭干净。因为太过于关注这个故事的内容,所以他基本上都没有注意这七分熟的黑椒牛排味道到底如何,只知道肚子是被填饱了。

关闭这个虚拟的电子屏幕,周贤长叹一声,然后对李初遇说:"冥蝶公主的故事还真的是挺有意思。可惜关于她最终的结局,却没有流传下来,真是相当的可惜。"

李初遇也已经吃完自己那份食物,拿起餐巾纸轻轻擦拭一下嘴唇后说:"是的呢,她的故事我是非常痴迷的,可惜很多细节无从考据。曾经我为继续探索她的故事找不到门道而苦恼,但是现在仿佛又有了一些线索了。"

周贤顿时愣了一下:"哦,又有线索了?"

李初遇点点头："是的，我之前在游戏中请了一个带我熟悉职业技能的高手帮忙，跟他去了道士技能练习的那个地图，仿佛叫百符阵什么的。这个被叫做马赛克先生的高手带我进去的时候，没想到被传送到一个奇怪的地方，还让他触发了一个很奇怪的任务剧情。

"在那个地图当中，有一间孤零零的客栈矗立在无边的荒原当中。根据后来发生事情的推测，那是已经风流云散的流云观势力麾下的同福客栈。这个可不是普通的客栈呢，传说是游戏中曾经显赫一时的人族与妖族大联盟中执掌刑罚的厉害势力。开创这一派势力的就是当初冥蝶公主的师兄——不灭仙岛残存下来的两名老祖之一的流云老祖。"

周贤没想到当初带着李初遇到了天外天荒原，触发了同福客栈的传承这个任务后居然让她找到了新的线索，不禁露出饶有兴趣的神情说："哇，好像是很神奇的样子。李初遇同学，这个已经消散的流云观势力，能有什么线索可以追寻呢？"

李初遇点了一下自己的通讯器，又给周贤发了一个纯文字文档过来，同时说："流云老祖是当年冥蝶公主的师兄，虽然他最终止步于半步大圣的境界，却被称为大圣存在之下实力第一的老祖。这个流云观作为一个大势力，在游戏世界中留下的故事那可就多得多了。

"当初冥蝶公主混进幽冥山，要通过黄泉路直达黄泉母河的时候，为了避免路上被幽冥死气伤害，向流云老祖借过他的兵器龙息火云棍。后来不知道因为什么原因，这兵刃并没有归还给流云老祖，这个也是传说中导致后来流云老祖陨落的原因之一。

"冥蝶公主显然不是那种贪图别人宝物的人，更加不会坑害自己的师兄。因此流云老祖以及他流云观一脉后来的故事，我觉得可能是找到冥蝶公主最后结局的一个靠谱线索呢。"

没想到李初遇竟然从这种犄角旮旯的游戏故事中找到了新的线索,周贤不禁想到了明天必须要在游戏世界中参加的流云一脉残存势力大聚会……

24 拦路盘问

吃完这顿饭,周贤就先送李初遇到了学校门口,然后自己找个借口再跑了出来,回到黄颖玥那里去拿自己的头盔等东西。

一进屋子的门,周贤就吓了一跳——黄颖玥贴着个面膜就靠在客厅里的真皮沙发上,白生生的腿露在家居的七分裤外,搭在沙发旁边的太妃椅上。

"来拿东西,准备回宿舍哪?"黄颖玥因为脸上贴着面膜,所以说话不敢大声,以免牵动面膜导致敷着不均匀,"下次来之前记得打个招呼哈,你都记得我这里电子锁的密码了,要是闯进来的时候我正好衣冠不整什么的,可就吃大亏了。"

黄颖玥此刻穿着纯棉的居家服,十分的柔软贴身,而且宽松的领口也露出了一片雪白的沟壑,周贤禁不住扫了一眼之后马上挪开目光,心里倒是暗自嘀咕:若是看到什么不该看的,还真的是有点赚到……

果断掐灭了邪恶的苗头,周贤招呼一声,拿了自己的东西就赶紧回学园去是正经。

回到自己宿舍的时候,周贤看到徐天云正在厅里吃一碗泡面。

尽管是食物已经可以靠机器合成的时代,但泡面依然作为最便捷和最廉价的食物被传承下来。徐天云此刻吃的,就是酸菜鱼口味的泡面。

看到周贤回来,徐天云随口问了一下,周贤就说跟李初遇去吃饭便应付过去了。

至于徐天云想追问这次约会的细节，周贤就懒得理会，直接将其拍飞回去吃方便面了。

又是一夜的电子竞技模式奋战，周贤发现自己竟然对预判对手的动作有了一些感觉。

以前都是对手有了行动之后，周贤才能作出应对手段，这样就算他有三大位移神技在身，也可能落入对手安排的局中而被动。

现在能够偶尔预判对手的行动，甚至是在刹那之间思考一下对手如此行动是否有什么深意，对于周贤来说就是一个不小的进步了。

而就是这么一点点进步，就让他在电子竞技服务器中的胜率提高了至少五个百分点。

"那个很囧的单机游戏，看来还是有点道理的嘛。"

周贤每战斗几次，就会停下来回想一下白天在那个跟大公鸡折腾的游戏中的场景。这样不知不觉当中，一夜就过去了。

照例是早饭后上课，好不容易熬完了白天的课程，周贤早早地就买了食堂那特别管饱的掷地有声的包子，缩回了自己宿舍的房间里……

雷云山脉，永远是那个乌云笼罩的样子。天地之间仿佛只有雷光这一种光芒似的，常常有轰鸣之声在群山中间回荡。

在一处山坳之上，一个浑身皮肤带着淡色鳞片、双目瞳孔一只青色一只蓝色的妖族青年正端坐在一只飞舟之上潇洒地赶路。

这飞舟倒也不大，长条形的大概也就能上来五六个人的样子，不过飞舟上空余的地方都被放满了各种食物。

这个正在随手拿起周围食物大吃大喝的妖族青年，正是上次出现在雷霆崖同福客栈的青莲子。

将几颗新鲜的葡萄丢进嘴里之后，青莲子突然右手一拍，飞舟一下子就减慢了速度，然后看着前面的虚空慢悠悠地说："前面是何方朋友挡路，不用躲躲藏藏那么猥琐，现身一见的话我会请你们吃点东西也不一定。"

在飞舟之前数十丈的虚空当中，突然有隐隐的电光一闪，然后几个身影就出现在那里。

为首的一个，是身穿藏青色鳞甲的蛟头妖人。他粗壮的手中抓着一杆三叉戟模样的武器，身后还有一条如同蜥蜴一般的尾巴在轻轻晃动。

在这个蛟头妖人身后，则有另外几个妖族，靠着身后的翅膀悬浮在空中。

跟这个蛟头妖人什么都不凭借，就这样站立在虚空中，相比之下显然就弱了一筹。

青莲子一看到那个蛟头妖人，不禁眼皮微微一跳："七修海的海将？"

蛟头妖人嘴巴一咧，露出个十分骇人的笑容："七修海的长鲸军海将毕长天，在这里恭候阁下多时了。"

"咳咳……"青莲子干咳两下，放下了手中的吃食说，"我们流云一脉在雷云山脉中举行流云大会，并不曾邀请七修海的同道前来观礼。毕海将在此处将我拦住，不知道是何道理？虽然你们七修海势力了得，但是这毕竟是中土内陆，而且周围还有我流云一脉的道友。如果毕海将想动手，我倒是无所谓的。"

那蛟头妖人还是咧开血盆大口笑着说："青莲子道友说的是什么话，我来这里不过是想问一件事情罢了。若是阁下能给我个满意的答案，那么我马上转身就走，绝不为难。"

青莲子就那样端坐在飞舟里，饶有兴趣地上下看了那蛟头妖人一阵，然后才开口说："那么按照毕海将的意思，如果答案你不满意，就有可能为难我了是吧？"

蛟头妖人轻轻摇晃手中的三叉戟，不置可否地笑笑，并没有回答。

青莲子左右看了一下，从一个食盒里拿出半只脆皮烧鸡，慢慢咬了一口后才说："毕海将有什么问题就问吧，答案你满意不满意我可就管不上了。"

"很好。"蛟头妖人看着青莲子，然后问，"上次流云试炼当中，最终在太古雷精幻阵考验中过关的那个一身古怪机关傀偏战甲的，是什么人？"

青莲子耸耸肩："这个问题在场的人都知道啊，他是同福客栈的一个掌柜。况且据我所知，流云试炼之后，幽冥山的人还追着他不放，也许幽冥山那几个老太婆会知道更多的信息呢？毕海将不妨去问问她们。"

蛟头妖人那在大脑袋两侧凸出来的眼珠顿时流露出一股凶光来——他当然知道幽冥山的长老血玲珑带着紫血姬和夜血姬两人当时追逐那同福客栈新掌柜去了，但是事后只有紫血姬和夜血姬两人回来，血玲珑长老则身陷敌手，这次他才不得不被派遣来调查这个事情。

事关七修海大计，蛟头妖人是绝对不敢掉以轻心的！

🐉 25 镇海钉

蛟头妖人看着青莲子那满不在乎的样子，抓着三叉戟的右手不禁略微用力了一点。但是这个时候，青莲子的目光就仿佛并没有什么刻意似的飘过来，在蛟头妖人的右手上扫了一眼。

"这个家伙表面看起来大大咧咧毫不在意，其实心思倒是极其细密，可不能被他的样子蒙蔽了。"

　　蛟头妖人淡淡地说："这位道友，莫非你以为我们海族到了中土大山之中，实力就不堪一击了么，竟然用这种态度敷衍我七修海，有点目中无人了吧？"

　　青莲子倒是不紧不慢的："毕海将，你七修海海将级别高手若是在海域当中，威能之强直追老祖级别。但是来了我中土，这里可没有海水的环境让你施展，估计一身威能有尊者级别就算是了不起了。我虽然不敢说能跟你打成平手，但是以勉强达到尊者级的实力想留下我这古云飞舟，倒也是有点痴心妄想了。反正我也不是什么死要面子活受罪的傻缺，你要是有动手的征兆，我拼着古云飞舟受点损伤，也要催动秘法逃命去。"

　　蛟头妖人那巨大的眼珠转了几圈，冷哼一声后说："你这个家伙倒是滑不溜手的难对付，那么你告诉我，这个同福客栈新掌柜在没有加入流云一脉之前，到底是什么身份。"

　　"我不知道。"

　　青莲子就回答了四个字，然后就一副没有兴趣再说话的不耐烦样子，显然是想催促蛟头妖人这几个赶紧滚蛋了。

　　"有人看到你在流云试炼的时候，跟那个同福客栈新掌柜有说有笑的，你还想骗我？"蛟头妖人也没有耐心继续客气下去，手中三叉戟一振，"今天你若是老老实实将跟这个家伙有关的消息说出来，那么我就放你一条生路。如果你还以为仗着有个极品飞行法器就可以藐视我七修海海将，那么很快你就会非常后悔自己做的这件蠢事！"

　　青莲子压根就懒得去理会蛟头妖人的威胁，手一拍那古云飞舟，飞舟上一层层密集的阵纹就开始闪烁光华。

　　这光华一出现，古云飞舟周围就有一片片的云雾涌现，将青莲子和他的古云飞舟全都笼罩在其中，若隐若现的看不真切。

蛟头妖人手中的三叉戟一挥，隐隐发出了一阵阵海浪之声。然后在那三叉戟挥过的空间中，一层层的水浪就凝聚成了刀光一般向前猛切过去。

连续十来道刀光一般的水浪削入那云雾之中，却一点效果都没有发挥出来，就像穿过了一团虚无的云层似的，一透而过飞向远处。

水浪一道道连续轰在一座山峰之中，随着轰隆隆的声响，那一座山峰的山头竟然缓缓地倾斜，接着就带着大片的烟雾声势惊人地坠落下来。

蛟头妖人面色微微一变："这个飞行法器竟然带有云雾虚化的特殊威能，看来还真的是小觑了你。不过你如果以为靠着这种威能就能脱身，那可就错了！虾大虾二，用那个法器！"

站在蛟头妖人身后靠着一对金属羽翼浮空的两个妖族大汉应了一声，然后同时双手一展，从他们怀中就飞出了两道蓝汪汪的光芒。

两道光芒十分迅疾地飞到半空之中，然后猛然一声霹雳大响，蓝光就如同烟花一般炸成了无数的细小光点。

如果仔细去看，就能看到这些细小光点中，每一个都包裹着一枚小小的蓝色钉子。

这钉子通体晶莹剔透，就如同是蓝宝石打磨而成似的，表面却有许多肉眼都难以看清的阵纹符箓在闪动。

"噗噗噗噗……"

一阵阵古怪的穿透之声响起，这些蓝色的钉子竟然一枚枚都扎入了虚空之中，就像原本无形的虚空如同朽木一般有了实质似的。

看到这些钉子被钉在了虚空中，蛟头妖人低低咆哮一声，然后血盆大口中就吐出了一颗深蓝色的珠子。

这颗珠子漂浮在蛟头妖人的身前，一下子就散发出一片片极光一般的光晕，然后这光晕就开始慢慢地闪烁消长，渐渐跟那些钉在虚空中的钉子发生了共鸣。

"这是……需要妖丹本源之力！"

青莲子原本在那片云雾的包裹中毫不紧张，但是看到蛟头妖人喷吐出自己的本命妖丹，发挥出妖丹宝贵的本源之力来控制那些扎在虚空中的不知道什么来历的钉子法器，就知道情况不妙了。

妖丹是进入了尊使级别的妖族修炼出来的生命精华凝聚之物，集中了妖族高手的最本源之力，重要程度就如同人类修炼者的能量核心丹田气海外加生命核心心脏一般，最是要紧不过。

一般来说，如果不是拼命，妖族高手是不会轻易把自己的妖丹给放出来的。毕竟这妖丹不过是纯粹的本源之力核心，根本就没有什么防御之力。一旦放出来人品不好被人击中，那下场可就不仅仅是简单的"悲剧"二字可以形容了。

况且妖族的妖丹对于同族甚至其他种族的修炼者来说，还是能够用来吸纳后辅助修为提高的大补之物，因此正常修炼出妖丹的妖族，都是对其小心翼翼地保护，轻易不敢放出来示人。

传说之中，只有进入了大圣境界，妖族的高手才有可能直接使用妖丹来作为凶狠无比的攻击手段，施展出各种天赋神通类的超级威能。

但是有一种情况会让妖族高手施展出妖丹进行辅助，那就是越级操控强大的法器。

青莲子并不知道那许许多多的蓝色小钉子是什么路数的玩意，但是竟然需要蛟头妖人使用妖丹来催运，那可是大大的不妙了。

这种法器极有可能无限接近法宝层面的威能，而这个层次的威能让青莲子觉得有极大的威胁。

"古云飞舟，走！"

青莲子右手在飞舟上猛然一拍，飞舟顿时豪光大作，然后如同一把尖刀一般就要突破虚空而去。

那飞舟不过向前飞了不到数丈，迎面一道黑漆漆的浪头就拍了过来。

"还是水系的威能而已，古云飞舟，给我穿过去！"

青莲子右手之上青光大作，那原本色泽很淡的鳞片也一片片竖立起来，每一片都开始泛起浅浅的血色。

由此可见，青莲子已经是全力在催运他的妖力，没有半点保留。

"当！"

那古云飞舟的速度瞬间再增加几分，狠狠地跟那黑色的浪头一撞，竟然发出了两件金属大器碰撞的声音！

虽然那黑沉沉的浪头最终被撞得四分五裂，但是青莲子看到那破碎的浪头之后竟然有一片同样如墨一般漆黑的汪洋，顿时就大吃一惊。

他目光四下一转，就发现不知道什么时候开始，周围的空间竟然弥漫着这种漆黑的水面，组成了一片墨汁的汪洋，将这只飞舟包裹在中间。

上下左右的空间中，四处都能看到这种黑水，就像是一只黑色的水牢，已经将其围住，没有半点的缝隙。

"海族的没羽重水！"青莲子惊骇地大呼，"每一滴都重逾百斤，连羽毛都无法在其上漂浮的没羽重水，只有在大洋核心极深处的海沟中才存在的事物，怎么会出现在这里？莫非……"

漆黑的汪洋之中，蛟头妖人的身形慢慢地从水面下浮现出来，手中拎着那三叉戟大笑着说："没错!没想到你个流云余孽倒是有几分见识,竟然知道我海族的没羽重水! 我刚才操控的那些钉子,可是海帅级别的老祖亲赐的海族强大法器镇海钉,威能就是将周围的一片空间上下左右全都化作这没羽重水的汪洋!

"你这个小小的飞舟法器虽然有那么几分特殊威能,云雾虚化之下一般攻击都不能奏效。但是这没羽重水厚实无间,组成浪头之后拍下来如同尊者高手全力一击,你这飞舟完全没有半点机会! 现在知道厉害也已经晚了,待我抓住你后好好地抽魂炼魄,自然能知道我想知道的东西! "

蛟头妖人说完,口中默念几句,他的那颗妖丹又浮现在了身前。一道道厚重的光芒从那妖丹上散发出来,仿佛有许多的光华被他身下的没羽重水汪洋所吸收。

"哗哗……哗哗……"

原本相对平静的没羽重水汪洋此刻开始涌动起了不安的浪花,那墨黑的海浪此起彼伏,时不时有浪头互相碰撞,还会发出大片的金属器皿撞击与碎裂之声,威势一时之间就惊天动地起来!

站在这占地数里方圆的漆黑水牢之外的虾大虾二听到动静,不禁霍然动容。

虾大有些艳羡地看着那漆黑水牢说："毕老大开始催动那镇海钉的威能了,这个倒霉的流云一脉余孽能死在这样的顶级法器之下,也算是值得自豪了。"

虾二正想补上几句马屁之词, 突然看到远处的天空之中有一道光华以极快的速度在破空飞行。

若是凝神看仔细了,就能看到那光华前端竟然是一个背后有血色双翅、身上有许多狰狞金属倒刺的钢铁怪人!

26 虾大虾二的悲剧(上)

虾大转头对虾二说:"我说老二啊,那边好像有个正在赶路的家伙……遇到这种情况,毕老爷之前是怎么吩咐的来着?"

虾二嘿嘿一笑后说:"那还用说,咱们这次来中土办事,不能留下什么首尾。遇到倒霉的路过之人,自然是要当场灭杀。来吧,周围这一片现在都在镇海钉这极品法器的影响之下,咱们哥俩正好也能操控部分威能,正好去爽一把!"

"必须的! 这没羽重水的囚天重狱法阵,可是咱们这种级别的海族一辈子都未必有机会见到的高级法阵,这次不爽下次哪还来的机会,哈哈哈!"

两个面色淡红、嘴角有长须垂下来的妖族壮汉马上一催背上的双翅型飞行法器,向前快速飞去。

因为囚天重狱法阵的覆盖范围很广,而且以其为中心还扩散出了强烈的水系元气,所以这两个海中妖族一身尊使级别的修为隐隐还有提高,一副毫不畏惧的样子。

那钢铁怪人显然也注意到了这边的异状,因此减慢了速度飞行,同时观察着这个方圆数里的巨大黑色玩意是什么来历。

虾大虾二遁光一散,就拦在了这个钢铁怪人前面。

虾大手中一杆银色长枪猛然抖个自己感觉非常帅气的枪花,正想开口呵斥的时候,突然感到虾二在旁边拉了一下自己的战袍袍角。

先前那股借助囚天重狱法阵散发出来的浓郁水系元气而声势十足破空而来

的气势,虾大觉得一下子就消散一空,顿时有点恼火地转头瞪着虾二:"搞什么呢,我正想将这个家伙好好地呵斥一番,来个下马威先。你这个搅屎棍一打断,这下马威就搞不成了你知道吗……喂,你这表情是怎么回事?"

虾二一张脸涨得通红,就仿佛是被煮熟的大虾似的。他朝虾大努力挤挤眉毛眨巴几下眼睛,嘴巴还歪曲地开合几下,仿佛是想用丰富的面部表情来暗示一个复杂的信息。

虾大不愧是跟虾二搭档多年的跑腿老人了,一看他那怪里怪气的模样,就知道事情有古怪。

"你的意思是,那个家伙有问题?"

虾大又不是神仙,勉强读懂了虾二那古怪表情中暗示的部分信息。但是更多的东西,他可就弄不明白了。

"有屁就放!"

弄了半天不明白,虾大就抢着银枪的杆子要砸虾二的头。

虾二马上开口说:"大哥,我们跟毕老爷出来之前,他说过什么你不记得了吗?"

"我怎么可能不记得!"虾大枪杆子就真的抢到虾二脑袋上了,"毕老爷说过,这次只要咱们任务顺利完成,他就放我们几天假,给咱们哥俩一笔海晶去明月海沟那里最好的海族青楼得月坊……"

虾二连连摇头,说:"不是这个,不是这个!"

虾大记性仿佛不是太好,痛苦地想了一下之后,接着又说:"对了,毕老爷还说过,这次要是任务出了什么岔子,不仅仅是他吃不了兜着走,咱们哥俩也……"

"这也不是重点!"

虾大恼火了:"那你娃说什么是重点!"

虾二把眼珠子向着那钢铁怪人方向使劲转动几下，然后压低了声音："大哥，咱们这次任务的目标……"

"咱们这次任务的目标我当然记得！"虾大说："毕老爷说了，那个家伙身穿古怪的机关傀儡战甲，那战甲之上有狰狞的倒刺，而且……而且……"

虾大一边说，一边看着那正不动声色凝立在虚空中的钢铁怪人，越说就越觉得这个家伙的形象很符合当时毕老爷的描述。

"我日，没这么巧吧？"

虾大心中暗骂一声，马上将手中银色长枪的枪尖对着那一身机关傀儡战甲的家伙："你这个家伙，亏得毕老爷还在抓人盘问你的下落，没想到竟然自己不开眼……不对，没想到竟然老天爷关照，让这件大功落我兄弟俩手里！喂，说的就是你！赶紧乖乖地跟我们走，不然我手中的长枪可不介意在你身上开出几个透明的窟窿来！"

这路过的，自然就是身穿半龙化傀儡战甲的周贤。

因天重狱法阵发动起来，产生的天地元气波动扩散十分远。周贤原本是要赶往流云大会的所在地，感应到了这股波动之后就顺道来看看，没想到竟然被两个妖族中人给拦了下来。

从这两个傻缺的对话中，周贤还知道了对方目标竟然是要抓住自己！

这里面的前因后果并不难想，周贤不过是眨眼的功夫，就想到了这是因为自己把投靠七修海的幽冥山长老血玲珑给收到了同福客栈的天字一号房中。

在精魄被马丁路德金这个无良的剑灵给吸收之后，血玲珑的肉身被同福客栈改造成了伙计傀儡，现在已经是叫秋香了。

这样一个重要的成员失踪，七修海自然不能当作什么事情都没有发生。因此对方派出人来,趁着流云大会的时候寻找自己的下落,就是十分正常的事情。

周贤使用了洞察之眼技能,清晰地看到两个尊使级别的海中妖族大汉的综合战斗能力,不禁有些失笑——就这个级别的小虾米也敢来自己面前耀武扬威,真是不知死活。

周贤上下打量了一下虾大和虾二哥俩,好一阵后才说:"看来,我同福客栈中又要多两个伙计啊……但是本体是海中明虾,拿来做菜仿佛也不错的。"

对于妖族来说,拿他们的本体开玩笑,是一种比人族直接问候女性亲属更难以接受的言语挑衅。

虾大虾二一听周贤这话,身子开始泛起淡淡的红色——这不是表示他们有几成熟,而是体内妖力正在加速运转,随时准备出手的征兆!

"我先废掉你一只腿,看你还敢不敢如此侮辱我海族!"

虾大脾气最火爆,当下喝骂一声,手中的银枪霍然化作一道银色的闪光,以迅雷不及掩耳的速度直接刺向了周贤的膝盖部位!

27 虾大虾二的悲剧(下)

周贤在自己的洞察之眼界面上,能够很清楚地看到虾大的信息。

根据其等级还有装备等各种属性综合,虾大在妖族当中属于尊使级别,综合战斗力数值为1654,算是尊使级别中实力中等的水准。

但是在这个挺枪攻击的瞬间,这个综合战斗力数值一下子提高了2018,显然是有什么加成。

虽然这个数值的上升让周贤有点点惊讶，但是相对于周贤目前综合战斗数值在没有爆发状态下也稳稳过万来说，实在是有点看不上眼。

周贤身后双翅上金光一闪，身影顿时飞快地向上一升，然后右腿就向下狠狠一踏，直接踏在了虾大刺来的枪身之上。

虾大心中还在暗喜，正想着自己的这杆银枪可是接近神兵级别的好东西，以为周贤会自讨苦吃的时候，就看到了周贤那踏下来的一脚力道突然从刚猛化作柔软。

在周贤那带着淡淡鳞片的战靴之上，有一道淡淡的火光开始蔓延。这金色的火光并不如何猛烈，就这样很温和的有一种半液态的感觉，缓缓地从战靴传递到了银枪枪身上。

"在我海族面前玩火，真是瞎了你的狗眼！看看我倒海惊神枪的威能！"

虾大看到这种情景，心中更是大定——海族因为特殊的修炼环境，一身本事十有八九是跟水系元力有关。

五行之中，水天然克火，所以海族最不怕的就是那些修炼火系功法的修行者。

虾大这倒海惊神枪中，就蕴含了水系元力为催动核心的法术威能。而且此刻在他身后不远就是那因天重狱法阵，浓厚的水系元力当真是源源不绝地补充加持过来，比在深海之中还要惬意畅快几分。

随着虾大一声大吼，他的银枪之上开始有宝蓝色的浓郁光华散发出来，接着就是一阵一阵紧密的潮汐之声大作！

虾大的倒海惊神枪此刻催发出来的，就是他最为得意的潮汐寒浪威能。

在七修海极深的海沟之中，有一些万年不曾有光明照耀的地方，蕴含有太古之时就存在于此处的永冻冰层。

这些冰层,传说无论多高温度的火焰都无法将其融化,散发出来的寒意能够冻结一切强大的生灵与存在。

这种永冻寒冰自然是没什么人见过的,只是有心人找到了办法,利用海底洋流潮汐变化时从海沟中奔涌出来的极寒海水精华,凝练出了这种潮汐寒浪威能。

这种潮汐寒浪带有一丝永冻寒冰的特型,对各种火系元力催动的法术有着强大的克制之力。

况且虾大此刻还催运调动了从囚天重狱法阵中散发加持的浓厚水系元力,这潮汐寒浪威能已经发挥到了他自己都不曾见到过的程度!

"不管你这是什么火焰,都要在我的潮汐寒浪之下灰飞烟灭呀!"

虾大双手猛然发力,将那枪身猛地向上一挑!

原本就紧密的潮汐之声,此刻随着枪身周围那一股股宝蓝色的寒光闪动而变得更为澎湃起来。

周贤身子一闪之下避开这一枪的攻击。

虾大正想挺枪上前追击的时候,突然看到了枪身之上,那宝蓝色光华闪动的潮汐寒浪威能竟然没有将那金色的火焰压制下去。

"大哥,那火焰有古怪!"

虾二自然知道虾大那倒海惊神枪中蕴含的潮汐寒浪威能的可怕,但是现在看到那不温不火的金色火焰在刚猛爆裂澎湃不休的潮汐寒浪威能之下仿佛没有受到任何影响似的还在缓慢蔓延燃烧,顿时大吃一惊。

能够不被潮汐寒浪威能克制的,恐怕只有几种先天之火和后天之火中最顶级的火焰。

先天之火正常来说都是十分恐怖的玩意,比如其中最有代表性的雷火之力,一般来说带着毁灭万物的恐怖气息，要操控基本上都要动用法阵，不可能这样温吞地缓慢燃烧。

后天之火中，能够逆反五行，不被潮汐寒浪威能克制，同时又是金色色泽的……

"龙息火焰！"

虾大虾二虽然脑子有点一根筋，但是两人在见识方面却并不短缺。两个妖族尊使级别的修炼者略微感应一下，就能感觉到那金色火焰之中所蕴含的一种极端危险的气息。

这就是龙族天生的龙息火焰对下位妖族先天的克制气息，也就是某种意义上的龙威！

"我的妈呀！"

虾大怪叫一声，立刻将手中这杆他十分珍视的倒海惊神枪一甩，脱手丢向了远处空中。

那金色的火焰仿佛一下子受了什么刺激，突然就如在火焰之中浇下滚油一般，发出了连续"蓬蓬"之声，一团团金色的小火焰就爆裂成了许多金色的大火球，瞬间就将那倒海惊神枪完全包裹住。

当那大火球纷纷散去的时候，空中连那银枪的渣都不曾剩下，只有少许的黑色飞灰随着空中的长风卷向了远处的山脉。

虾二膝盖一软，当场就想跪下喊"好汉饶命"这种没有节操的话。

虾大倒是反应神速，口中快速念诵一段法咒，然后身子向着那囚天重狱法阵的方向退去。

随着他法咒的念诵，囚天重狱法阵那漆黑的方形水牢表面就有三道黑色的水柱凝结成铁棍一般，夹带剧烈的罡风向着周贤扫来！

周贤冷笑一声,右手护腕之上连续的黄色光芒乍现,然后数道符箓带着黄色的光尾破空而去。

"毕老爷救我!"

虾大一边操控一道没羽重水组成的水柱在他面前化作一道水盾,一边口中惊慌地高呼着。

但是那几道黄色光芒包裹的符箓直接"噗噗"几声,洞穿了那黑色的水盾,直接砸在了虾大的身上。

一道金色的光焰腾空而起,虾大甚至都来不及惨叫,就被那金色的火焰完全包裹住,烧得跟那银枪一样,不见半点踪影,仿佛世间从来不曾有过他的存在一般。

虾二看到这个恐怖的场景,真的就在空中跪下了。

28 双面龙吟护肩的威能(上)

"龙……龙……龙息火焰……"

此刻,虾二浑身颤抖着,能够清晰地感受到那种金黄色火焰所散发出来的毁灭气息。

传说之中,龙族为万妖之祖,曾经在比上古更为久远的时代作为天地间最强大的生灵而统御万物。

就算是后来修罗族与魔族大战,龙族内部为支持哪一边而自己内部分裂开始了内耗,也依然是令人闻风丧胆的存在。

而当时不过是这个世界普通生灵的人族和妖族,对于修罗族、魔族和龙族的存在,都只能是被奴役的状态,连仰望这些种族都成为一种奢望。

只是时间无情,修罗族与魔族的大战最终彻底改变了这个世间的一切格局。两大种族销声匿迹,而人族与妖族携手成为天地主角之后,龙族也逐渐退出了世界的舞台,开始渐渐成为一种传说中的存在。

但是,有着龙族血统的生物依然是真实的存在。尽管这些龙族生物因为血统稀薄的关系,不能像上古之时那样修炼成人形,但是那庞大的身躯、恐怖的力量以及毁灭性的龙息火焰威能,还是被保留了下来。

周贤当初遇到的那只三头黄金巨龙,就是其中的代表。

就算是这些非纯血的龙族生物,对于修炼者们来说,依然是十分恐怖的存在。尤其是妖族,因为先天克制的原因,基本上就没有敢逆天去挑战龙族生物找死的。

因此,妖族有一句俗语来形容一件事情很难办,叫做"难如屠龙",意思跟人类的"难于上青天"是差不多的……

虾二看着那逐渐消散的金黄色龙息火焰,以及那些飞扬出了数百米开外的飞灰,也不知道突然从哪里来了勇气,身子向着后方那没羽重水组成的囚天重狱法阵方向飞去。

"毕老爷,救我啊!"

随着虾二的喊叫,那囚天重狱法阵终于有了一些变化。

依然是什么金属重物的撞击之声连绵不绝地传递千里,接着那法阵的表面开始有一道道黑色的水柱缠绕升腾而起。

这些水柱互相碰撞,散落出大量的没羽重水水珠。这些漆黑的水珠砸落到法阵之上,又是一阵阵铁珠零碎散落在金属器皿之上的响声。

升腾起来的黑色水柱在空中缠绕不休,最终化作了一个十米高的巨大蛟头妖人形态。

完全由没羽重水组成的这个巨大蛟头妖人一看到周贤，顿时大喜过望："哈哈哈哈！没想到我今天运气这么好，想要找的家伙竟然自己撞上门来了！这可真是省下我不少功夫……囚天重狱法阵，给我镇！"

随着那巨大的蛟头妖人口中连续不断的法咒念诵之声，他脚下的那漆黑法阵顿时又有巨大的水柱冲天而去，在一阵阵的扭曲中化作了一只黑色的大手，向着周贤兜头就拍了下来！

没羽重水组成的大手几乎有数十米宽，从上向下带着破空之声猛拍的时候，几乎要把天空都遮住一般！

周贤胸甲之上光芒一亮，一道黄色的光罩瞬间就将他严严实实地包裹在中间。只是这个光罩跟那大手相比，就像是沙砾跟鸡蛋相比似的，瞬间就被那没羽重水幻化出来的大手给牢牢握在掌心。

这大手握紧之后，就向后猛然一缩，消失在了那庞大的囚天重狱法阵本体之中。

蛟头妖人仰天长笑："哈哈哈哈哈！在我七修海北溟宫极品法器镇海钉加持的囚天重狱法阵之中，任你是何等大能，也要被镇压成渣！"

虾二猥琐地从旁边跳出来说："那是那是，毕老爷神威本来就无敌，加上这套镇海钉极品法器，那是超级了不得呀！现在那个家伙被困在囚天重狱法阵之内，生死都操控在毕老爷手里，咱们想知道什么他可就得乖乖地吐出来！"

蛟头妖人冷笑数声也不见回应，只是那高大的没羽重水组成的形象开始渐渐溃散，最终重新回归到法阵之中。

此刻周贤在一个上下左右都被没羽重水牢笼围困住的空间内，靠着自身半龙化傀儡战甲散发光芒，能有个十多二十米的能见度。

不过很快，一条飞舟就出现在他身边。

"啊，竟然是你？"

飞舟上的青莲子看到周贤那一身古怪的狰狞铠甲，顿时惊讶地说："你个鸟人可真是祸害不浅！我不过是在流云试炼时跟你说了两句话，就倒了大霉，被困在这个该死的法阵当中出不去了！"

周贤四下看看，然后问："怎么，这个法阵比那个太古雷精幻阵还厉害，你有这个飞行法器都冲不出去？"

青莲子使劲摇头："那不废话吗，我这个飞舟不过是个下品的飞行法器。虽然应对一般的阻拦是没什么问题，但是这个法阵可是依靠那些狗日的海族手中极品法器而施展出来的，威力比那个太古雷精幻阵还要可怕，我根本就没有一点冲出去的可能！这下完蛋了，那些海族的混蛋从来都是心狠手辣，咱们可是半点生机都没有！"

周贤正想说话，突然在他前面数十米远的地方，一道道没羽重水的水柱又"乒乒乓乓"地组合起来，变成了那个十多米高的蛟头妖人形象。

蛟头妖人右手一挥，一杆几乎跟他身高一样长的巨大三叉戟在他手中化形而出，然后他如同天神降临一般，威风凛凛地用三叉戟指着周贤说："卑微的蝼蚁，流云一脉的余孽，赶紧说出幽冥山长老血玲珑的下落，否则我就要施展囚天重狱法阵的手段，让你尝尝生不如死的滋味！"

周贤倒是不紧不慢地回应："哼，你这种法阵对我来说一点用都没有。想拿这个威胁我，真是白日做梦哪。"

蛟头妖人冷哼一声后说："你别以为有一身古怪铠甲，就觉得可以抵抗我法阵威能。就算你可以抵抗一时，你那朋友显然是束手无策的。也罢，我先拿他开刀，看你还敢不敢跟我嘴硬！"

青莲子顿时目瞪口呆，好半天才大骂："老子日你先人板板啊！这事跟我一点关系都没有，凭什么拿我开刀啊？"

29 双面龙吟护肩的威能（下）

没理会青莲子在那里喊冤之声震天，蛟头妖人手中三叉戟又是一甩，无数的没羽重水水滴如同一颗颗细小的铁弹一样，开始悬浮在他周围。

随着蛟头妖人低念几声法咒，那些没羽重水的水滴发出一些轻微的"劈啪"之声，然后竟然变化成了一根根尖锐细小的尖梭。

这些黑色尖梭刃尖之上全都闪烁着深幽的光泽，仿佛锐利无比似的。稍微想象一下这些尖梭如暴雨一般劈头盖脸射下来的情景，就会觉得不寒而栗。

蛟头妖人面露狰狞神色，手中三叉戟猛然向前一挥，那数以千计的黑色尖梭全都迅猛地破空而来，发出了让人毛骨悚然的"呜呜"古怪破空之声。

青莲子脸色大变，马上双手在那飞舟上一拍，一层层青色的光罩重重叠叠地将那飞舟完全包裹了起来。

仿佛是觉得这些光罩还不够靠谱，青莲子又张口一吐，一道青光从他口中喷射出来，眨眼的功夫就变化成两面旋转不休的青色小圆盾，缓缓地漂浮在他身前。

"这位掌柜，可不是我青莲子不仗义！"百忙之中，青莲子居然还转过头来对周贤说，"我这法器防御范围就是这么大，能不能护住我自己周全还不一定，你就自求多福吧！真要能顺利脱身，我再找你好好理论，这不坑人么……"

周贤微微一笑，不过他整个面孔都隐藏在那带着面甲的头盔后面，青莲子自然不知道他是什么表情。

这些黑色尖梭都是没羽重水组成，理论上来说确实是可以克制世间大部分的先天与后天火焰。

况且没羽重水沉重无比，这种在法阵加持之下高度浓缩的状态以连绵不绝之势爆射而来，也确实是让人觉得很棘手。

不过周贤右手护腕之上，那一段乌金天魁剑已经伸了出来，然后他快速地在身前连续划了几下，无数的符篆就夹杂着金黄色的龙息火焰，迎向了那些铺天盖地的黑色尖梭。

"灵魂道符连发！"

周贤此刻觉得自己的右腕如同化作了一挺高速射击的机关炮似的，通过乌金天魁剑加持杀伤力后，又经过半龙化傀儡战甲加持了龙息火焰的灵魂道符，连绵不绝的如许多金色小流星一样，前仆后继地疯狂扫射着。

不到一秒的时间，金黄色的符篆和乌黑的尖梭就对撞在一起，空中开始如焰火绽放一般，到处都是一个个斗大的火球在爆闪着。

原本应该被没羽重水剿灭的火焰此刻却仿佛被泼入了许多滚油一般，"嘭嘭"之声大作，烧得更为欢快。

放眼望去，这原本黑沉沉的囚天重狱法阵空间之中就如同有许多小小的太阳出现似的，一时之间竟然显得光亮如白昼，让人无法直视。

蛟头妖人大吃一惊，怒喝："你这金色的是什么火焰，竟然连没羽重水都能反烧过来？可恶，看来血玲珑那老泼妇陷落你手，倒也不是侥幸！好好好，现在我要催动囚天重狱法阵的全部威能，到时候只消留下你一点残魂，照样可以得到我想要知道的东西！"

话音一落,蛟头妖人嘴唇高速颤动,一段复杂而又古怪无比的法咒从他口中念诵出来。

周贤知道,妖族施法跟人族修炼者不太一样,虽然一些小型的术法也可以做到瞬发,但是大型的依然需要念诵法咒。

这些法咒本身就是上古妖族语言,传说是万妖之祖的龙族所创,最后在妖族当中流传。

真正用上古龙族秘语念诵法咒的那些术法,大多都有毁天灭地的恐怖威能,甚至还有可能改变日月星辰运转、昼夜四季更替等神奇效用。

但是随着时间流逝,这种所有术法源头的上古龙族秘语法咒早就随着纯血龙族的消失而湮灭了。

目前世间流传的妖族法咒,据说源自一些上古隐秘遗迹中挖掘出来的龙语碑文。

这些碑文上有着一些简化后的法咒,让一般的妖族甚至修炼特殊功法的人族也能施展这些术法。

因此对于妖族来说,如何快速念诵大威力法咒,是一门重要的战斗技巧。

当然,大部分的妖族更喜欢靠着天生强大的身躯来进行战斗。法咒之类的玩意,他们索性封印在了武器或者甲胄当中,以此瞬发来辅助自己的肉搏战斗,更是显得彪悍无比。

周贤看到那蛟头妖人竟然要用复杂的法咒来控制这本来就十分恐怖的囚天重狱法阵威能,想必也是不好留手,准备全力一击了。

这法阵的全部威能若是展开,周贤就算身上有半龙化傀儡战甲这样的秘宝,都不敢过于轻视。

"这完全龙族材料打造的双面龙吟护肩，今日倒是要第一次施展真正的威能了。"

周贤心神一凝，顿时排除所有杂念，然后体内三脉之中那滚滚的龙炎之力开始不断运转，一股股炙热的暖流在他体内游走，最终聚集在了双肩上的那双面龙吟护肩上。

这肩膀上的护肩是一只张开大口的龙头造型，此刻那龙炎之力灌注进去之后，暗淡的龙目突然光芒大作，张开的龙口也开始缓缓地上下开合，竟然传出了一阵阵的念诵法咒之声！

最为诡异的是，这左右双肩的两只龙头念诵的法咒还不一样！

不过是片刻的功夫，周贤左边肩膀上的那只龙头先完成了法咒的念诵，然后周贤左手一抬，口中低喝："秘法——煮海！"

一股股白炽的热光就从他的左手之上散发出来。

而右边肩膀上那只龙头完成了法咒的念诵之后，周贤右手也同样一抬："秘法——焚天！"

赤红色的光芒，从周贤的右手之上闪现！

两种强大术法的光芒连续闪动几下，然后在周贤的身前完成了融合，化作了一只浑身火焰高度凝练、仿佛太阳一般让人无法正视的张牙舞爪光龙。

"这就是双面龙吟护肩的真正威能……焚天煮海！"

周贤双目中凶厉之光一闪，身前那灼烧得空间都不断扭曲的光龙就呼啸着盘旋而出，瞬间没入了虚空之中！

30 焚天煮海

当光龙消失在虚空中的刹那，蛟头妖人的术法也已经完成。

"轰轰……轰轰……"

巨大的重物碰撞与摩擦之声，来自这个囚天重狱法阵的每一个角落。许许多多巨大的没羽重水水球开始从法阵本体脱离出来，化作了一个个巨大的互相碾压的磨盘。

这些漆黑的磨盘在转动当中，互相摩擦发出了震耳欲聋的声响，然后向着周贤和青莲子所在的位置涌来。

蛟头妖人放声大吼："你这个流云一脉余孽，不要以为有个什么古怪的玩意可以同时念诵法咒就可以跟我七修海的囚天重狱法阵对抗！在这个大阵之中，任你多高强的火系术法，都不可能跟其对抗！这没羽重水组成的碎灭魔盘，待会儿就要一点点消磨掉你身上每一分血肉，而在这个过程当中你是绝对清醒的，好好体会一下身处炼狱的滋味吧！"

青莲子这下面色苍白，口中喃喃地说："太恐怖了，这个该死的海将竟然催动了法阵的核心威能……这样一来，那控制这个法阵的极品法器也必然会被过度消耗，很长一段时间都只能缓慢温养而不能使用。在这些个没羽重水组成的磨盘绞杀之下，就算是老祖级别的大能也十分头疼，我们哪里还有生机？"

周贤感受着那些巨大的碎灭魔盘搅动而来所散发出的惊人威压，口中只是淡淡地说："不见得，你看我的手段。"

周贤话音一落，右手手腕突然一道金色豪光，那把乌金天魁剑的剑刃已经完全地伸了出来，无数的细小金色火蛇就在那剑刃之上游走不休。

将这乌金天魁剑剑刃向上一举，周贤双肩之上的两只龙头眼中的金色光芒更为炙热，同时张口发出如同雷霆劈裂天地一般的巨大声音！

这些巨大的声音一字一顿，每一个独立的音节里都仿佛有着粉碎真空的力量一般。

在周贤身边的虚空当中，开始有一层一层赤红色的波纹从虚空之中荡漾而出。

这种赤红色的波纹溃散得非常快，很快就一圈一圈地冲向远处。

在这些赤红色波纹穿过的地方，那些没羽重水组成的磨盘都一同被染成了赤红色，同时转动的速度很快就减慢了下来。

这些赤红色的波纹眨眼之间就扩散到了法阵之内的极远处，此刻放眼望去，整个原本黑沉沉的囚天重狱法阵空间内竟然到处都是赤红色的光芒在闪动，仿佛变成了一个巨大的烘炉似的。

那些同样变成赤红色的磨盘，现在互相撞击之间散发出大量金色的火星来。而在那些撞击的部位，赤红色变得更为浓烈，仿佛是在散发惊人的高温似的。

蛟头妖人大吃一惊："怎么可能？你这个是什么术法，竟然可以逆转我七修海囚天重狱法阵的运转？不可能！只有……只有……"

……

痛苦的历程

前集回顾

漫天血花的诅咒在十五年后开始验证,战火燃烧了整个救赎大陆,"史上最大的倒霉蛋"罗伊成为了拯救圣索兰帝国的唯一希望。罗伊,这个傻瓜带着一条肥狗,像所有故事开头那样,无法修炼斗气的他像一只折翼雄鹰那样在嘲讽与磨难中成长,尽管他永远怀揣成为骑士的梦想。战争突然爆发,伙伴不离不弃,在顺从或是反抗的抉择中,命运之神一次又一次挑战他的底线。罗伊的力量很小,但他的内心无比强大,为了获得骑士的荣耀,传说中的神器成为他蜕变的唯一希望,危机时刻的全城戒备中,罗伊带领着这群被称之为"贱民"的人们蹒跚前进,光明即将来临之际,罗伊却跳下悬崖,陷入了死亡绝境。是的,他会回来,他,肯定会回来……

本集提要

死里逃生的罗伊终于苏醒了,但战争依旧在继续,圣索兰帝国竭力对抗外敌入侵的同时努力寻找着公主的下落。苏醒的罗伊和自己的肥狗莫名闯进了龙穴,却意外地找见了一同坠落悬崖的黑暗精灵麦芽儿。为了摆脱恶龙和敌人的追击,罗伊带着朋友们一路狂奔,却莫名闯进了神秘绝境。绝境中在神器裁决的帮助下罗伊开始了自己魔武双修的痛苦历程,并且最终脱离绝境重回大陆。依靠自己出色的魔法潜质,罗伊终于在美丁城里以尊贵佣兵的身份生存下来,但,这并非意味着他的生活从此安定无忧,相反,救赎大陆的战火越来越旺……

目 录
Contents

第一章　死里逃生

　　罗伊不停地呼唤。可是，除了自己的声音在河谷中回荡外，没有人答理他。岸边摇曳的青草，身旁的流水和巍峨的群山，就像是一群冷漠的观众，一群面无表情的过客，在静静地看着他。

　　直到身上的力气耗光，罗伊才重新躺了下去，睁大眼睛看着天上那一轮猩红的魔月。

　　妈妈……

　　爸爸……

　　黑暗中，罗伊仿佛置身于慈爱父母的怀抱。

　　场景变换，父母消失，他又牵着威廉爷爷温暖的大手，在雪地中深一脚浅一脚地走着、走着。在精疲力竭的时候，看见前方有一座温暖的城市，街道上，汤姆兴奋地跳着冲自己招手。

　　可忽然间，爷爷温暖的手消失了，汤姆也不见了。眼前的城市骤然在烈火中化为灰烬。无数的骑士纵横驰骋，将手中的骑枪戳进哀求哭叫的平民心口。

罗伊猛地睁开眼睛，河水哗啦啦地流淌着，罗伊发现自己被冲到一个回流浅滩上，睁开眼，就是满天星空。

已经是夜里，奥利弗不见了，黑暗精灵麦芽儿也不见了。四周山林黑漆漆的，只听见一阵阵海潮般的沙沙声。天边红色的魔月冷酷地映照着潺潺流水，河面一片清冷的波光。

罗伊不知道自己身上断了几根骨头，被河谷的石头割出了多少伤口，浑身上下如同散了架一般，痛得厉害。

他拼命挣扎着坐起来。

"奥利弗……"

没有回答，没有熟悉的肥胖身影。

"麦芽儿。"

也没有回音。

罗伊不停地呼唤。可是，除了自己的声音在河谷中回荡外，没有人答理他。岸边摇曳的青草，身旁的流水和巍峨的群山，就像是一群冷漠的观众，一群面无表情的过客，在静静地看着他。

直到身上的力气耗光，罗伊才重新躺了下去，睁大眼睛看着天上那一轮猩红的魔月。

良久，他一个人嘿嘿傻笑起来。他忽然想起以前与吟游诗人聊天时自己是多么的愚蠢，那时候他竟然还深深同情那个父母死了、身为公主正牌未婚夫却只能眼睁睁看着未婚妻成为别人的禁脔而不容靠近的倒霉蛋。

他哈哈大笑，笑声如同一只夜枭般瘆人。

真是滑稽透顶，原来那个天下第一倒霉蛋就是他自己。而且，现在的自

己比以前更倒霉！

罗伊笑着笑着，眼泪就夺眶而出。现在项链中的秘密被揭晓，那就意味着爷爷威廉已经遭遇不测。

他用手死死攥着脖子上的项链，再也无法忍受心头那刀绞一般的痛楚，号啕大哭起来。哭声在寂静的群山中回荡，撕心裂肺，宛若一只受伤野兽的哀号。

爷爷威廉的脸浮现在眼前。老人说："如果我死了，这个项链会告诉你一切。不过，在此之前，你最好还是把熊给我抓回来！"

"伙计，说好啦，咱们一定要当个圣骑士！你当了你罩着我，我当了我罩着你！"汤姆的胳膊似乎还搂着那个十六岁高大结实的铁匠儿子。

……

一个又一个熟悉的面孔出现在眼前，罗伊蜷缩着身体，哭得像一个走失于漫天风雪荒原中的孩子。

"站起来，罗伊！"时光，仿佛又回到了小时候。身材高大的老人站在精疲力竭跪倒在风雪中大口喘气的男孩面前。"起来，继续跑！不能停！这点苦都吃不下来，怎么能在这个乱世生存！"

"钻进去！掏个狼窝，你怕什么怕！"那是在一个黑洞洞的狼窝前。

"抓紧，这是悬崖，掉下去你就会摔成肉饼，再苦再累，你也要往上爬。只有爬到顶，你才能安全！"那是在陡峭的崖壁上。

罗伊猛地抹干眼泪，用逐渐恢复的魔力给自己施加了一个小治愈术。虽然身体在治愈术下产生的痛楚更加强烈，可他一点都不在乎。

痛都痛到了极处，还怕什么痛？！

大头老爷从小就没有放弃过，没怕过痛，难道现在长大了还不如从前了?!

罗伊静静地躺在地上，如同一只受伤的独狼般一遍遍舔着伤口。

项链里的信息，让他终于明白以往百思不解的疑团。

一切，都始于他出生的那天。

他是"汉山"公爵家的嫡孙，是世界最东方的黑发骑士法林顿骑士团的未来继承人。虽然法林顿骑士团因为最终之战而背负罪名，可是骑士团拥有的强大实力从没有被人质疑过。这种实力来自法林顿骑士团的血脉，来自三百年来和魔族的不懈战斗。

圣殿骑士团是救赎之地的第一骑士团。

可法林顿骑士团，却是包括魔族和所有种族在内承认的天下第一骑士团，他们拥有即便是这个世界的主宰者也为之恐惧的力量。

因为背负罪名，"汉山"家族历代族长的遗训中严禁介入人类世界的争端，不能过世俗的生活，甚至不能和世俗的女子通婚。

因此，罗伊父亲和母亲莎拉的婚姻，从一开始就遭到了爷爷罗兰大公爵极力反对。为此，父子之间几乎决裂。最终，罗伊的父亲罗杰还是和母亲莎拉结婚并生育了罗伊，可惜，罗伊是作为遗腹子降临到这个世界。因为在他出生之前，父亲罗杰就在和魔族的一场战斗中牺牲了，是母亲莎拉不顾所有人反对坚持把他生了下来。

他一出世就惊动了所有人，除了因为罗伊和圣索兰皇室的婚约之外，更因为母亲莎拉的血脉让他成为"汉山"家族历史上第一个拥有魔法觉醒能力的子孙。

　　一个拥有法林顿骑士团的继承权和圣索兰帝国皇室的婚约,同时拥有"汉山"家族的骑士血脉,甚至还可能出现魔法觉醒的孩子会给未来带来多大的变数?

　　那时候,悲恸于儿子之死,整整闭门一个月的爷爷罗兰,要按照法林顿骑士团的规矩把罗伊带离莎拉的怀抱。

　　因为按照法林顿骑士团的传统,男孩从小就应该接受最为严苛的训练,没有温情,没有仁慈,只有最艰苦的训练和最血腥杀戮的集体生活。

　　在这个世界上有相同规矩的还有混乱之地的斯鲁特人。只不过,法林顿比斯鲁特人做得更为彻底。斯鲁特人的男孩七岁之后才加入训练,而法林顿的孩子一过满月就必须离开母亲,送到专门的儿童营集中抚养。

　　罗杰是这样过来的,罗兰本人也是这样过来的。整个"汉山"公爵家族,三百年来的每一个人都是这样过来的。

　　生活在法林顿防线后的人们不明白魔族的恐怖。因此,他们也就不明白法林顿人为什么非要把自己培养成冷血的战士,可是,只有如此,法林顿人才能在铺天盖地的魔族进攻中生存下去!

　　罗兰认为,他的儿子已经犯下了一个错误,他不允许自己的孙子再和法林顿之外的人类世界有任何关联。

　　作为一位母亲,莎拉强硬地拒绝了罗兰的要求。不久之后,罗伊却被人下了一种提取自毒龙口涎的毒。虽然及时发现而保住了一条命,可罗伊的经脉却受到了严重毁损,再也无法修炼斗气。

　　也正是在那天,天生双瞳的他,瞳孔由父亲罗杰的黑色变为了母亲莎拉的蓝色。

这个秘密，只有很少人知道。

当莎拉带着罗伊赶回帝都，准备寻找她的老师魔法协会会长亚伯拉救治的时候，遭遇了袭击。

此后，身为莎拉近身侍卫长并兼任管家的威廉，就带着罗伊四处流浪。他以前是莎拉父亲的"怒熊"军团的人，从小就跟随莎拉，忠心耿耿。

他不敢带着罗伊返回法林顿，因为他知道，回去的结果，不过是罗兰公爵接过罗伊送进儿童营，然后把自己赶出法林顿。

他也不敢带罗伊去找雷诺公爵。身为"怒熊"军团的骑士，他比谁都明白雷诺家族和宰相唐纳德之间的关系。

他更不敢让罗伊去由圣教控制的魔法学院学习魔法，更不能在宗教裁判所的眼皮下自行修炼魔法，任何一点魔力波动，对这个身份敏感的孩子来说，都是一场灾难。

可是，威廉也同样没有放弃希望。因为莎拉告诉他，寻找到神器裁决就能够恢复罗伊的经脉。于是，他踏上了漫漫寻找之旅。

寻找神器的希望，是渺茫的。

威廉不能将希望全部寄托在上面，所以，他能做的，就是从小培养罗伊在魔兽出没的野外和在三教九流的社会底层生存下去的能力，让罗伊即便在自己某天离开之后也能在这个世界上生存。

罗伊凝视着星空，死死攥紧了拳头。

汤姆满是雀斑的快活笑脸，仿佛就在眼前说："罗伊，咱们说好了，以后要当圣骑士。"

艾蕾希娅美丽的脸庞，在城堡屋顶的星空下，俏皮迷人道："如果有一天

你成了他,或者成了比别人都厉害的那个人,记得来救我哦。"

圣殿骑士团阿历克斯的目光,宛若云中诸神的俯视,语气轻描淡写道:"我是来处死你的。"

还有那位从来没有见过,却聚集了所有光环,高高在上,站在阿历克斯背后的天才骑士奥古斯都。还有麦芽儿、老马克西姆、小兰姐、玛丽大婶,以及那些挥舞屠刀的斐烈骑士。

所有面孔飞快地在眼前旋转着,最终化为爷爷威廉的声音。

"站起来!"

罗伊死死咬着牙,摇摇晃晃,站了起来!

站在流水声哗哗的河滩,罗伊龇牙咧嘴地向河岸跨出一步。

他知道,想要复仇,想要将阿历克斯和奥古斯都踩在脚下,自己就必须变得比他们更加强大。而现在的自己,在对方眼里只是一只蝼蚁。

罗伊将仇恨刻进了骨髓,每一刀都痛入骨髓。可他并没有因为仇恨丧失理智。

从小就在丛林中生存的他,比任何人都明白丛林的生存法则,也比任何人都明白如何站到食物链的最顶端。

无非两个字:

"力量!"

这种力量,在丛林中是野兽般的智慧、速度和耐力,而在人类世界中则是武技和实力,也是金钱、地位和权势在内的所有一切!

他不但自身需要拥有强大的战斗力,更需要在成长的过程中,使用各

种手段拉拢能够拉拢的一切力量!

路很长,可他终究要走下去。

那么,现在的第一小步,就是先从一只受伤的蝼蚁变为一只健康强壮的蝼蚁!

从河滩走上岸,几乎耗光了罗伊所有的力气。但他还是支撑着,找了个山壁凹进去的岩洞坐下来,开始包扎自己身上的伤口。

多年在野外的生活,早已经教会了罗伊如何避免自己宝贵的装备在奔跑攀爬和游泳中失落,因此,虽然跳崖坠河并被大河冲出老远,但他身上的东西基本都还在。

打开防水的猎包,取出自治的伤药,罗伊小心翼翼地涂抹在伤口上。

他其实已经给自己施展了治愈术,不过,此刻身处于一个陌生的环境中,可能面临各种各样的危险,因此,动用一切手段治疗伤势和恢复体力才是最重要的。

涂抹了伤药之后,罗伊检查了一下自己的魔力。

体内的魔核依然在旋转中恢复着魔力。只不过因为身体处于饥饿状态,能量补充的速度远远不如平时。刚刚使用了一个治愈术之后,现在还有一百八十法码的魔力。

他掏出干粮来,狼吞虎咽地塞进嘴巴里,最后把注意力集中到了"裁决"身上。

看着这把自己从得到之后都还来不及仔细查看的神秘武器,罗伊一时有些恍惚。

从走出古堡、战争爆发、奋力突围到跳下悬崖,只是短短一天时间。手中

的斧头依然是从那个神秘的城堡中带出来的模样，可自己，却已经经历了生离死别。

因为不知道自己距离跳崖的地方有多远，也不知道周围还有没有人继续追杀自己，因此罗伊不敢生火，只弹了个手指，唤出一朵小火苗，借着火光仔细地打量着黑漆漆毫不起眼的"裁决"。

斧头的外形就是一把普通的砍柴斧，没有矮人用的那么大，前面没有破甲锥，也没有美丽的花纹和夸张的弧度，就连握柄都是直直的一根棍子的形状，简陋得让人生气。

如果罗伊不是事先知道"裁决"的神奇之处，恐怕平日里这样的斧头放在他眼前，他也懒得看上一眼。

不过有一点特别，"裁决"的质地很特别。

罗伊从小生活在矮人地下城，见识过无数种金属，可他从来没有见过"裁决"这种材质。任凭他搜肠刮肚也认不出来。

使劲咽下一口干粮，他咂吧咂吧嘴巴，把斧头翻来覆去地看。可惜自己没有斗气，如果能用斗气灌注一下，或许……刚想到这里，他脑中忽然灵光一闪。

当初得到"裁决"的时候，自己可是被那熔岩般的能量冲进身体，形成了魔核。为什么不反过来试试，把魔核产生的魔力再灌注回去呢？

试试看！

罗伊调动魔力，向斧头内部探去。

魔力一接触到斧头，就如同泥牛入海一般被吸收得丁点不剩，随即，罗伊感应到和自己精神相通的"裁决"在吸收魔力之后传递出的一种莫名的

欢悦和渴望的情绪。

罗伊兴奋起来，再度抽调魔力灌注进去。同样被吸收得干干净净，同样感受到愉悦和渴望。

然而，斧头依然是那把该死的斧头，没有任何变化。

罗伊反复灌注魔力，直到自己体内的魔力只剩下了八十法码才停下来。他有些沮丧地发现，即使将自己所有的魔力灌注进去，对"裁决"而言似乎也只是杯水车薪，少得可怜。

不过，至少这是一个好的开始。迟早有一天，自己能够把"裁决"的秘密都挖掘出来！

收起"裁决"，罗伊给自己释放了一个魔力恢复，开始按照爱伦夫人给的魔法书传授的方法打坐冥想。

虽然因为身体的原因，他现在只能走上魔法修炼的道路，但从汤姆死去的那一刻开始，罗伊就已经选定了自己的道路。

圣骑士！

为了汤姆，为了实现自己和他从小的梦想，哪怕没有一个战环，老子也要成为骑士！

一个会魔法，甚至只会魔法的骑士！

这个信念从未如此坚定过。

罗伊抛开杂念，将自己的感知释放开来，去感受天地中的无形能量。

树木、草叶、山峦、流水、风、虫鸟……一切都在运动着、呼吸着，散发着自然无形的能量。

一草一木的能量很微弱，可是，当整个世界的呼吸都与自己的呼吸同步

起来时,天地能量随着呼吸的频率渐渐荡漾起来,如同潮水一般,先是细细的碎波,然后是排排海浪,最后,就是滔天巨浪。

身体的每一个细胞都随着扩展开的感知,渐渐地和天地的呼吸同步。

能量经由感知穿透细胞,冲刷着身体,仿佛江河的支流一般,不断随着呼吸融入身体中游走的魔力,又随着呼吸丝丝抽离。

罗伊只觉得原本清澈如水一般的魔力,随着冥想变得不再那么流畅。

仿佛有无穷的阻力阻挡着魔力的运行,挤压着它,牵扯着它,甚至影响到自己脑海中的每一个念头,都变得无穷缓慢。

书中说,百呼百吸为一次冥想。

原本罗伊以为这是非常非常简单的事情。

可当他第一次沉浸入冥想的世界后才明白,平日里毫不在意的百次呼吸,在冥想的时候竟然变得如此艰难。

天地的无形能量,随着感知扩展进入冥想的第一次呼吸,就开始起波澜,第二次呼吸,就开始荡漾,第三次呼吸,就开始生波……

十次呼吸下来,已经是滔天巨浪一般。

而罗伊的感知就像是巨浪中的一叶小舟。精神,就像是岸边的礁石。魔力,则像是逆风而行的行人。

百次呼吸,谈何容易!

可是,这一切对罗伊来说算不上什么。

骨子里的固执和骄傲,从小在漫天风雪中经受的磨砺,还有复仇的执念,一直支撑着他。

罗伊横下心来,不管不顾,拼命扩展自己的感知,拼命坚定自己的精

神,拼命驱动自己的魔力向前迈进。

一呼一吸。

一呼一吸。

罗伊在魔法的世界里,孤独而艰难地跋涉。

 第二章　女监察长

爱德华的这一命令,无异于向宰相唐纳德宣战。

就当人们或紧张地关注,或摩拳擦掌地准备迎接即将到来的风暴时,一个昆仑奴悄然地驾驶着一辆由两只箭尾地行龙拉的魔纹马车驶入帝都监察部。

当夏洛特倒在血泊中,墨雅坐进办公室的时候,世界风平浪静,平静得就像坐在爱德华下方首座的唐纳德此刻的神情一般。

圣索兰帝国的皇宫,坐落于帝都的凤凰山上。

当年还是罗曼帝国一方重臣的索兰大公,最终在圣索兰帝国建都的时候把皇宫修建在这里,并给这座山起名为凤凰山,无论从哪方面看来,似乎都有和教皇所在的教廷山针锋相对的意味。

圣索兰帝国建国那一年,索兰大公与庞贝帝国的圣教骑士团连战二十一场:二十胜,一负。

如果不是输的那一场战役正好是整场战争最后也是最关键的一场,恐怕圣索兰帝国的版图还要向西向北扩展很多。

不过即便输了关键战役,老狮子一般的索兰大公也没给圣教留下什么好处。

庞贝、斐烈和圣索兰三分天下,而以小城邦、大小骑士团、佣兵团、异族部落和罪犯、异教徒等人组成的势力则在索兰大公的放任甚至支持下,硬生生占据了圣索兰帝国北部和庞贝帝国东部的地区,在三大帝国之外形成了第四股势力,也就是现今民众口中的混乱之地,教廷口中的罪恶之城。

百年来,圣教连续发动三次芒星军东征,都徒劳无功。倒是那些打着圣帝旗号,出发时就被教廷赦免了一切罪过的骑士们,给东征途中的城市带来了毁灭性的灾难。甚至有不少人最后没有攻下混乱之地,更没有恢复圣教在那里的荣光,反而留了下来成为堕落骑士。

墨雅的马车,穿过凤凰山下厚重高大的城墙门洞,沿着盘旋向上的道路上行。

凤凰山就位于帝都中央,整体呈圆柱形,高耸入云,看起来宛若无边平原上一个孤零零的巨型灯塔。想要抵达最顶端的那栋如同皇冠一般的白色城堡,只有两条路。

一条是从山体内的通道上去,另一条就是盘绕在凤凰山上的马车道。

两只箭尾地行龙对这种马儿跑起来非常吃力的旋转坡道毫不在意,一路跑得飞快。片刻之后,悬浮的魔纹马车已经过了半山腰。

当皇宫的第九道城墙出现在眼前的时候，墨雅拉开马车窗帘，看了看窗外。每次在凤凰山的盘山路上俯视帝都，她总会有一种心旌动摇、目眩神迷的感觉。

放眼望去，一栋栋颜色不同的房屋如同色彩斑斓的火柴盒一般。八个城区，被从中央广场呈放射线向八个方向延伸的大街整齐分割开来。庞大的城市向平原远方扩展，无边无际。只有当外围高耸入云的黑色城墙如同大山一般出现在眼帘时，才知道城市的边际在哪里。

这个世界上，再没有哪个城市比从凤凰山上看下去的帝都更美丽、更坚固了。倘若有能够攻破圣索兰帝都的力量，那或许只会来自内部。

墨雅沉思着，目光微微闪动。

战争爆发，帝国的西面，斐烈骑兵正滚滚而来。前线接连传来的都是诸如敌人又挺进了多少公里、哪支索兰部队又败了下来、哪位领主阵亡、哪个城市失陷的消息。

百年帝国，陷入风雨飘摇之际。

面对斐烈人的进攻，爱德华一世已经下令抽调西北的一个边军军团进入普鲁行省协助普鲁大公抗敌。同时，驻扎在边城龙门附近的两个军团也已经快马加鞭支援战区。

同时，爱德华还抽调了帝国五大骑士团之一的红叶骑士团南下卢利安行省。

看起来，有这些兵力的支援，应付斐烈帝国的第一波攻势似乎没有多大问题，可惜墨雅不清楚，当皇帝的命令出了皇宫之后，下面具体如何执行，却并不是命令上所写的那么简单。

因为,大家还要看一个人的眼色。

宰相唐纳德。

马车上了山顶,驶入第九道城墙,停在了皇宫大门前。

墨雅穿过华丽而空旷的走廊,在衣甲鲜亮的侍卫和身穿绣花燕尾服的仆从目送下,袅袅娜娜走进了皇宫的议事大厅。

原本轻蹙的眉头,在议事大厅的大门敞开的一瞬间,也随着嘴角骤然勾起的一丝微笑变得风情悠然。变化之快,让前面领路的侍卫一时间竟然为之失神。

随意送了英俊的侍卫一个艳光四射的微笑,墨雅在无数人的注视下,走进议事大厅。

"参见陛下。"

墨雅微微屈膝向皇帝爱德华行礼。

高高的皇座上,英俊儒雅的中年男人正静静地沉思着。如果不是认识他的人,恐怕谁也不会想到,眼前这个学者一般的男子就是庞大帝国的主宰者。

"坐。"爱德华一世冲自己的女监察总长点了点头,坐在他身旁的皇后也冲墨雅微微一笑。

墨雅站起来,转过身,目光从在场的帝国贵族大臣们脸上扫过。噗嗤一声轻笑,娇声道:"真是对不住各位大人,墨雅来晚了。"

原本沉闷严肃的议事大厅气氛,随着这娇媚女子的笑声,一下子变得诡异起来。

一些人忍俊不禁,一些人脸上挤出强笑,还有一些人干脆别开了头。

"女魔头！"

"狐狸精！"

这些声音，虽然整齐，却只无声地存在于各人的心头。许多人甚至不敢和墨雅巧笑嫣然的眼波对上一下。

所有人都清楚，这位看上去年轻得不像话的监察总长虽然上任不过两三天时间，但对于她身后的势力没有人质疑，因为，她来自帝国一个古老家族。

帝国有很多老牌家族。

但真正从索兰大公时期，或者说更早的罗曼帝国时期就一直长盛不衰的家族一共只有五个。而其中的一个，就是帝国皇室索兰家族。

能够和皇室平起平坐，足见其他四大家族的超然地位。据说有些家族甚至比索兰家族的历史更悠久，底蕴更深厚。

在圣索兰帝国的政局中，四大家族是一种很特殊的存在。他们的势力无所不在，却又甘于沉默，从来都不直接介入政坛纷争，只要不直接惹上他们，什么事也没有。可一旦惹怒他们，人们就会霍然记起圣索兰历史上那些关于四大家族的敌人是如何分崩离析的传闻。

每一种传闻都不同，但都同样的悲惨！

原本，对于皇室和宰相唐纳德之争，四大家族一直不闻不问，保持中立。可人们做梦也没想到，就在几天前风云突变。

当时，爱德华忽然下令，以玩忽职守罪将前任监察总长夏洛特撤职查办。

这一命令，如同捅了马蜂窝一般。

圣索兰帝国监察部分内外两个部门。其职责对内是监察各部，监视百官，对外则是探查情报，收买敌国官员，安插密探，破坏暗杀。监察部不但控制着

遍布大陆的情报网络,麾下还有成千上万的密探、杀手和直属的监察部队。

在此之前,监察部一直是控制在宰相唐纳德的手中,是唐纳德势力中最为重要的组成部分之一。

爱德华的这一命令,无异于向宰相唐纳德宣战。

就当人们或紧张地关注,或摩拳擦掌地准备迎接即将到来的风暴时,一个昆仑奴悄然地驾驶着一辆由两只箭尾地行龙拉的魔纹马车驶入帝都监察部。

当夏洛特倒在血泊中,墨雅坐进办公室的时候,世界风平浪静,平静得就像坐在爱德华下方首座的唐纳德此刻的神情一般。

似乎这个女人在如此重要的会议上迟到是理所当然的,对他来说,可以完全不用介意。

连唐纳德都需要隐忍的人,谁惹得起?

至少在座的这些,没有人愿意成为第二个夏洛特。

看到墨雅坐下来,爱德华望着她,问道:"有消息了吗?"

爱德华的问话,让所有人都把目光集中在墨雅的脸上。这正是现在除了战争以外,大家此刻最关心的问题——公主艾蕾希娅的安危!

墨雅优雅地欠身道:"圣殿骑士团的阿历克斯骑士已经接到了艾蕾希娅公主,此刻正在返回卢利安省幕尼城的途中。我已经下令监察厅在卢利安省的分部动用空魔船,只要艾蕾希娅公主一到幕尼城,就立刻送她回来。"

听到这个消息,所有人都松了一口气。

只不过大家都明白,这里对公主艾蕾希娅的关心,每一个人的出发点都不一样罢了。

"她怎么样？"爱德华语气放松，轻轻摆手，示意墨雅跟自己谈话不用那么正式。

墨雅微微一笑道："公主没受到任何伤害，皇家卫队把她保护得很好。"

"等他们回来，好好赏赐一下。"爱德华如释重负，微笑着道。

"不过陛下，这次皇家卫队的伤亡挺严重。"墨雅缓缓说着，这只是接下来谈话的一个开头，她的脑海中正在整理着接下来的措辞。

"哦？"爱德华坐直了身体。

"八名皇家骑士中，有三人战死。小队旗长雨果身受重伤，二百二十名皇家士官，战死一百一十三人，失踪二十二人，伤十八人。"墨雅道，"同时战死的，还有波拉贝尔城的布莱恩男爵。"

爱德华的眼睛眯了起来，唐纳德面无表情，贵族们则交头接耳。

"另外，根据前方传回来的报告说，圣殿骑士团在营救公主的时候，和皇家卫队发生了冲突。"墨雅看着长着一双细长眼睛、面容阴鸷的唐纳德，目光闪动道，"皇家卫队勇敢骑士庞克重伤，三名皇家士官和一个平民被杀，另一个平民失踪。"

墨雅的声音，如有魔力一般，让整个议事大厅顿时变得鸦雀无声。

圣殿骑士团和皇家卫队起冲突！

一个勇敢骑士重伤，三名皇家士官被杀，这可是十几年来帝国和圣教最严重的冲突事件。

所有人的心跳都开始加速。

只是大家不明白，墨雅口中的两个平民又是怎么回事。谁会在乎两个平民，可墨雅既然特别提出来，一定有原因！

"说说,究竟是怎么回事?"爱德华的声音里带着压抑不住的愤怒。

墨雅打开手中的纸条,将前方关于当时情景的报告原封不动地念了一遍。

随着墨雅的报告,贵族们固然眼睛越睁越大,就连石头一般的唐纳德呼吸节奏也出现了细微的变化。

在猎区救了公主;

在圣殿骑士乔治和修士穆恩可耻地抛弃平民的情况下,当先冲击敌阵,护卫平民,并带领平民一路脱离险境;

在无名山峰垭口,受公主册封,成为公主未来之守护骑士;

最后,却被阿历克斯逼得跳下了悬崖。

当墨雅结束报告,并分别念完关于受伤骑士和几名死者的身份资料后,所有贵族都记住了那个波拉贝尔领主府内十六岁的蓝眼睛小杂役熟悉而又陌生的名字。

罗伊!

冥想结束,罗伊缓缓停止魔力的运转,收回感知,感受天地狂潮缓缓平静。

睁开眼睛时他才发现,不知道什么时候天色已经大亮。而自己的全身,如同刚刚才从水里捞出来一般,完全被汗水给湿透了,身体的每一寸肌肉都极度酸痛。

他倒在地上,身体呈一个大字。

这是什么冥想,大头老爷我差点就挂了!

终于扛过来了！

罗伊泪流满面。躺在地上打滚，变换各种姿势，庆祝自己劫后余生。

他本性乐观又固执。小时候一个人孤独时总会自己跟自己说话，或者领着奥利弗一起调戏猎物找乐子，自我调节能力极强。受了欺负也好，委屈也罢，想通了就不能再哭哭啼啼的没出息，总归咬紧牙关认定一个目标拼了命去达成。

昨夜初逢大难，哭了一夜，又强忍着身体的伤痛修炼，此刻浑身如同散了架一般，心情反倒放开了。

庆贺一番，罗伊盯着山洞顶上岩石，嘿嘿直笑。

汤姆，爷爷，你们都看见了吧。我可是拼命了。所以，你们多多少少也要保佑我鸿运当头，逢凶化吉，百毒不侵，出门捡钱。

等我变厉害了，我把那帮孙子烧给你们。

好容易恢复过来，罗伊一骨碌爬起来，仔细查看自己身体里的魔力。一次冥想过后，原本如同雨天贴在窗户上水珠一般的魔力已经增长了许多，如同盆里薄薄的一层水。计算一下，大概增加了两百法码，只差一点就要突破五百法码的大关。

罗伊吓了一跳。

赶紧拿出魔法书来仔细翻阅。

不对啊，书上明明说，初次冥想的时候，感应天地中的元素能量，如风如雾，包裹全身……

罗伊一阵抓狂，那是雾吗？

波拉贝尔海上的台风都没那厉害！

欺负老子是个倒霉蛋是吧?!

恨恨地往后翻,翻完整本书,罗伊也没有找到第一次冥想魔力增幅的标准。书上只是说,冥想结束之后,魔力增加按照各人的天赋不同,增加数值不定。

而成为觉醒法士的五百法码魔力,也不是那么轻易就能突破的。

有许多潜能学徒一辈子都卡在五百法码魔力的门槛上,无论如何冥想都不得寸进。还有许多人虽然利用野兽的魔核和炼药师的魔力丹突破了五百法码,可是,因为精神力或感知力弱,以及魔力不能变得更加凝结稠密,也无法成为觉醒法士。

大多数魔纹师,都是因为这个原因,只能黯然转变为辅助魔法师。

放下书,罗伊托着下巴,若有所思。

他没有考虑自己冥想时和书上所说的有什么不同,而是把注意力集中在了书中刚刚提到的一个职业上。

魔纹师……

对魔纹师,罗伊一点都不陌生。

早在以前流浪的时候,他就见过不少诸如魔纹马车、魔纹铠甲、魔纹武器以及魔纹磨坊和魔纹水车等五花八门的魔纹制品。

由于天性就喜欢这些东西,因此,罗伊从小就不放过任何一次观察魔纹制品的机会。记得小时候,他第一次看见的魔纹制品就是一个魔纹磨坊。

那是在一位伯爵的领主城中,磨坊立于城市东北的山坡上,四周绿草如茵,远方山林茂密。只要一有机会,罗伊就会偷偷溜进磨坊里,蹲在旁边仔细看那巨大的石磨在巨型风车和魔纹的驱动下旋转,一看就是一整天。

那时候，小罗伊无论如何也想不明白，仅仅凭借那些铭刻的纹路以及中央放置的小小魔石，怎么能驱动那么重的石磨。

一边看，小罗伊就一边在地上画，如痴如醉。

后来，离开了那个城市，罗伊又去过很多地方。只要在能够看到魔纹的地方，准有他的身影。

好几次威廉找不到他的时候，都会到水车房、师塔、武器商店或铁匠铺等有魔纹的地方去找，每次无一例外，一抓一个准儿！

随着罗伊的魔法觉醒和见识增加，他也渐渐对神秘的魔纹有了一些了解。

原来，早在最终之战前，人类的魔法文明就曾经高度发达。

那时候，人们不光拥有诸多法神，使用魔法和魔纹武器战斗，而且在生活中也大量运用魔纹。贵族们就不必说了，就连许多平民也能用魔纹帮助生产劳作。

可惜随着魔族入侵，神赐大陆的人类魔法文明毁于一旦。法神们在最终之战中纷纷战死，更是导致魔法文明几近断绝。

迁徙到救赎之地的人类，最终只能依靠骑士与遍布在苦寒之地的魔兽战斗，争取生存的空间，也因此，魔法文明衰败，骑士和斗气兴起，成就了现在的骑士世界。

不过，这并不意味着魔法一无是处。

不说法师这一战斗职业至今依然在战争中发挥关键作用，单说魔纹，就不是人们能够轻视的。

就拿骑士身上的魔纹来说，魔纹不但能让战马跑得更快，能让骑士的铠甲更坚固，防御力更强，还能增幅斗气，提升战环旋转速度，提升骑士武器的

攻击力。

再强大的骑士,若是没有一套好的魔纹装备,实力也发挥不出十之一二。

可以说,骑士的斗气也好,武技也罢,已经和他们身上的魔甲魔武密不可分。一些骑士为了能够配合千辛万苦才得到的魔纹装备,甚至不惜重新修炼更适合魔纹发挥威力的战技。而一些豪门望族,更是将珍贵的魔纹装备作为衡量家族实力的标准之一。

拥有威力强大的斗气秘籍、武技秘籍,拥有传承这些斗气和武技的天才子弟,只是家族强盛的基本,若是没有几套珍稀级的装备镇场面,若是没有一两套传说级的魔纹装备作为镇家之宝,那么,在其他人眼中,这个家族充其量也不过是个暴发户罢了。

一旦和真正的老牌家族开战,这些暴发户就会尝到被穿着珍贵魔纹铠甲的对手杀得毫无招架之力的苦果。

因此,无论是帝国、骑士团、佣兵团还是各大贵族家族,对于魔纹师可谓礼遇有加。

别说那些深居简出几乎不问世事的"纹学家",就算是一位中级魔纹师,也不是普通贵族能够请得动的。

由此可见魔纹师的尊贵。

罗伊托着下巴的手指轮番敲着自己的腮帮子,眼珠子骨碌碌乱转。

这只从小在丛林中长大的小魔兽,比谁都清楚如何挑拨强大的魔兽之间战斗,如何利用更强大的魔兽保护自己摆脱追击。

在人类社会中,丛林法则同样适用。

对于他的报仇计划来说,成为一名魔纹师,简直太重要了!

想到这里,罗伊查看了自己身体伤势的愈合情况。

皮肉上的伤都好得七七八八了,但断掉的骨头要完全愈合还需要一段时间。

看来,暂时是没法离开这里去找麦芽儿和奥利弗了。

罗伊一点时间也不肯浪费,仔细翻阅了魔法书中的一些关于魔纹绘制的知识后,打开包裹,取出了奥斯汀的魔法笔记。

他记得,这位博学的亡灵法师在日记最后,不但记载了大量的植物草药、炼金材料的图鉴,还记载了很多炼药和绘魔心得。

 # 第三章　人狗重逢

　　山洞前的丛林中,鸟儿、猴子、松鼠如同下雨一般往地上掉,一只奔到山洞前的二级魔兽冰霜羚牛,腿一软就跪了下去,浑身瑟瑟发抖,怎么也站不起来。那些普通的小兽更是躺倒一地,不少已经七窍流血,竟是活生生给吓死了。

　　就在罗伊咬牙硬挺的时候,忽然,一个熟悉的身影从洞前跑过,然后又哧溜一下折了回来,连滚带爬地冲进洞里,眼泪汪汪地一头撞进罗伊的怀里。

"男爵大人，便桥已经搭好。"

圣殿骑士团公正骑士列弗男爵闻声回过头，看见温格子爵领地的马修正向自己微笑。

列弗点了点头。抬头望了望寂静幽深的无尽群山一眼，牵着战马缓步走向用几棵砍伐的大树搭好的便桥。

这已经是列弗带着几名手下在这里转悠的第二天了。自从那个名叫罗伊的平民和一个精灵跳下悬崖之后，他就奉阿历克斯的命令，在这里寻找罗伊的尸体，一直到现在。

"活要见人死要见尸！"

这是阿历克斯的原话，也是列弗自己的看法。

作为阿历克斯最信任的手下之一，列弗也很明白，找到那个叫罗伊的男孩的尸体或者找到他的人杀死他，对自己、对阿历克斯乃至圣殿骑士团的每一个人来说，有多么的重要。

这个叫罗伊的平民男孩，千不该万不该，不该不知死活地应允公主，做她未来的守护骑士。

奥古斯都是黄金龙家族的嫡系长孙，是教皇的教子，更是百年难得一见的天才。虽然今年才刚满十八岁，可他之前的成就却已经超过了历史上最杰出的天才阿喀琉斯，听说，未来奥古斯都是被选中要进入天国之门的人！

这样的天之骄子，怎么可能因为一个平民蒙羞?!

列弗有些恼怒。他不明白那位公主殿下究竟要愚蠢到什么地步。别说她的未婚夫已经死了，就算还活着，奥古斯都大人看上了她，难道她还有

拒绝的权力吗?!

一个世俗破落帝国的公主罢了。美若天仙也好,骄傲也罢,也该认清自己的地位。

既然奥古斯都大人已经开口要她了,那她就该明白她的身份不容人染指,就该老老实实待在皇宫里学习做黄金龙家族儿媳妇的规矩,而不是这么在外面抛头露面,甚至还让一个连斗气都没有的贱民做她的守护骑士!

牵着马走过便桥,列弗翻身上马,环顾四周,对紧随身后的马修道:"说实话,这里可真是个糟糕透顶的地方。"

恭恭敬敬的马修也跟着列弗扭头看了看四周,赔笑道:"是啊,尊敬的列弗大人,这里属于圣索兰和斐烈交界的魔兽山脉,平常可没有几个人敢来!"

魔兽山脉。听到这个名字,列弗讶然道:"真的吗?"

众所周知,救赎之地原本是魔兽的天下,少有人迹。

三百年前,随着战败的人类大量涌入,修建起一座座城市,开荒种地,繁衍生息,为了争夺生存空间,人类还和魔兽爆发了一场史称魔兽之战的战役。

那时候,四处出击的骑士团见魔兽就杀。而魔兽也在一些有智慧的高级魔兽的带领下,发动了好几次惨绝人寰的兽潮屠城。

最后,还是人类取得了胜利。

偃旗息鼓、四分五裂的魔兽退入了位于救赎大陆中部的魔兽山脉中。只是不定期的,会有一些魔兽冲出山区,袭击周边的部落和小城市。

列弗没想到,这里已经是救赎大陆的南部,居然也是魔兽山脉的延伸。

难怪,自己几次都发现坐骑有些不安。

听到列弗的问话,马修笑着道:"可不是嘛,大人。虽然魔兽山脉在普鲁

帝国和龙门边城几乎看不见,不过,那是因为两边地势本身处于高原的原因。事实上,山脉一直延伸到海边,要不然,咱们当年也不会和斐烈帝国形成现在的边境了。"

列弗点了点头。这才隐约记起,好像的确是这么回事。

似乎这也正是圣索兰人没有想到斐烈人竟然能够穿越山脉进攻一个海边小城的原因。

"我家领地的边界也靠近这边。"马修笑着指着刚刚完成了便桥搭建的一干士兵和农夫道,"不然也不可能这么快就调了人手来帮忙。误了列弗大人的事儿,可吃罪不起。"

"马修勋爵太客气了。"列弗一笑。

他对这位知情识趣的未来子爵印象不错。听穆恩他们说,马修从开始就对圣殿骑士团恭谨有加,这次主动留下来帮助自己追杀那个男孩,更是难能可贵。

毕竟,这个世界上,蠢人多,聪明人少。

眼见其他人都跟了上来,马修一边和列弗并肩而行,一边继续介绍道:"这些地方,平日里领地最优秀的猎人也从来不敢深入。听说,魔兽山中到处都是高等级的魔兽,有人还曾经在这里看见过绝境入口。"

列弗骤然一惊:"绝境入口? 这里竟然有绝境入口?!"

绝境是人类对于魔兽山脉中的超阶魔兽聚集地的称呼。据说,那是一个神秘的空间。只要穿过魔兽山脉中不定时也不定地点出现的空间漩涡,就能进入到绝境中去。

进去了,自然是别想回来的。

别说绝境里面的超阶魔兽,就算外围的一些七八阶魔兽都能让一位高阶骑士尸骨无存。自古以来,不知道有多少冒险英雄和佣兵葬身其中。

"对啊!"马修微笑着道,"所以,我一看那小子跳下悬崖,就知道他活不了。即便不摔死淹死,被河水冲到这里来,也是死路一条。只不过,要找到那小子的尸首,倒是一件麻烦事儿。"

"无论死活,都必须找到。"列弗冷冷一笑,"得罪圣殿骑士团,他惹上的可是天大的麻烦!喝!"

马蹄声响,一行人大氅飘飘,向山中驰去。

山洞中,寂静无声。偶然能听见外面山林传来的鸟鸣。

罗伊翻开亡灵法师的笔记,果然在最后找到了不少奥斯汀对魔纹的心得体悟和魔纹图。

原来绘制魔纹并非魔法师的专利,有些精神力和感知很高的人也能绘制魔纹,甚至在最终之战前的历史上,有不少纹学巨匠都不是魔法觉醒者。

魔纹绘制,是驱使天地元素能量,按照特定的魔纹轨迹变化,聚合、碰撞、调整,最终达到魔纹绘制者所希望达到的效果。

罗伊点了点头。这样看来,魔纹倒是有些像自己小时候在侏儒的机关塔学过的机械学。

如果把魔纹图比喻成机器,那么,其中的天地元素能量就是另类的机械零件。

当魔纹师绘制出特定的魔纹之后,这些元素能量就会按照魔纹的路线运行、变化。它们有的速度快,有的速度慢,有的碰撞,有的融合,总之,就像机

械零件一般在魔纹之中运动，从而使魔纹发挥出其应有的功能。

例如书中的这幅火系防御魔纹。

魔纹呈现一个巨大的圆形，由上百条线构成。其中有弧线、直线、方形、螺旋形……让人眼花缭乱。

元素通过这些线条的组合之后，最终形成一团火焰形的防御罩附着在魔甲上。一旦受到攻击，防御罩就能抵消相当程度的攻击力。

罗伊有些咋舌。这幅火系防御魔纹图还只是初级魔纹，若是高级魔纹，或者那些大师级的魔纹，恐怕上千条线都不止。

无论是按照爱伦夫人给的魔法书还是奥斯汀的魔法笔记来看，除了一些一星的低级魔纹以外，大部分魔纹都极其复杂，对魔纹师的精神力和感知力消耗相当大。

这也就能说明，为什么一幅魔纹的价格如此之高，一名优秀的魔纹师如此尊贵了。

罗伊一页页地翻着笔记，不时对照一下爱伦夫人的魔法书。

他发现，除了一些魔法书中没有的中高级魔纹以外，两本书中记载的初级魔纹图都是一模一样。

罗伊早就知道魔纹师是一个严肃得一丝不苟的职业。小时候他就见过许多魔纹师循规蹈矩，做什么事情都有自己的规矩，绝不越雷池一步。

此刻看了书中关于魔纹的记载，他才明白，原来这都是职业对人性格的影响。

一幅初级的魔纹就有上百根线条，每一根线条的粗细、转折、互相之间的间距，甚至包括感知渗透进去掌握的深浅，都有严格的规定。

若是行差踏错一点……哪怕一千条线完成了九百九十九条,只是最后一条线出错,整幅魔纹图都会前功尽弃。

而且,因为绘制魔纹必须一次成型,没有谁能有时间慢慢来照葫芦画瓢,因此,魔纹师必须背下大量的魔纹图。

这对魔纹师的要求实在太高了,也难怪许多纹学巨匠任凭开多高的价格都难以请出山呢!

一个悲剧的职业!

罗伊为自己的未来下了一个定义。耸耸肩膀。反正自己已经是天下第一的倒霉蛋了,还怕什么?

这种职业,也只有倒霉蛋才干。若是魔纹那么好绘制,恐怕这个职业也不像现在这么值钱了。

翻阅着一幅幅魔纹图,仔细学习这些图的魔纹绘制要点,时间过得飞快。忽然,当罗伊的目光落在奥斯汀笔记上的一幅图时,他一下子就愣住了。

从小到大,他见过很多魔纹。

眼前的这幅魔纹其实也很普通,只是一个风系魔纹罢了,通常用于马车、海船风帆和他曾经见过却没有乘坐过的空魔船,是诸多组合魔纹中常见的一个。

可是,平日里看见的魔纹,都是魔纹师绘制完成之后,使用金属浮雕或者铭刻的。

金色、银色、绿色、白色,根据最后成型使用的材料不同,各式各样的颜色都有。

罗伊从来没有看见过,眼前这种白中带红的。

其实，这幅图只是奥斯汀一份没有完成的研究中的一个小图。随手画来，中间使用的红色是他用红笔勾勒的研究重点。并不出奇。

但在这一刻，罗伊却死死盯着这幅图，感觉似曾相识。

脑海中，有一缕灵光刹那间闪过。

隐隐约约，就要抓住！

就在罗伊距离那一缕灵光越来越近的时候，忽然，他发觉一种无形的惊悚感觉顺着后背往上爬，寒毛根根倒竖！

威压！

罗伊骇然抬头。

山洞外，整个世界都动了起来！

群山、丛林、鸟兽，所有的一切，在一股陡然散开的威压下颤抖着，如同被卷入了狂风巨浪。

群山在震动，丛林在狂风中摇曳。一只鸟儿从树梢上笔直地跌落于草丛中，紧接着，是第二只，第三只。就连几只凶狠霸道的猛禽刚刚飞起来也落了下去。

地面上，大大小小的野兽不知道从哪里蹿了出来，哪怕互相之间是天敌，竟然也不攻击，只是成群结队地拼命逃窜。

高阶魔兽？！

罗伊想到了之前难民队伍里战马惊嘶的情景，心头一阵狂跳。

他的丛林经验远比一些冒险者和资深猎人更丰富，在波拉贝尔居住的五年中也曾经数次越过雅拉雪山狩猎，对于这条从大陆中部延伸而来的魔

兽山脉再熟悉不过了。此刻,一看眼前的情形他就知道,这是附近有某种高阶魔兽出没!

飞快缩到岩洞的最里面,罗伊把后背死死贴在岩壁上,屏住呼吸。

这是他第二次感受到高阶魔兽的威压,第一次还得追溯到八年前。虽然很丢人,可那一次,他是真被吓得尿了裤子。

没有感受过高阶魔兽恐怖威压的人,永远都不会明白那种恐怖感觉。况且,那时候的他还只是一个八岁的孩子,所以,罗伊一直不觉得有什么丢人。

可是这一次罗伊却发现,就连以前把八岁的自己吓尿了裤子堪称一方霸主的超八阶铁甲龙身上的威压也没有现在强烈。

去你的,有完没完! 老子已经够倒霉了,还想怎么样,非得玩死大头老爷是吧?

罗伊暗骂。

他不知道究竟发生了什么事。一般来说, 这样的情形很少见。要知道,等级越高的魔兽智慧就越高,不是在暴怒的情况下绝对不会随意散发如此恐怖的威压。

一定是被谁给激怒了!

罗伊一边在心头猜测着,一边求神拜佛。

他不知道究竟是谁招惹了这只高阶魔兽,他只期望闯祸的家伙千万别连累到自己,赶紧把那暴怒的恐怖家伙给灭了,天下太平!

剧烈的威压在持续,而且有越来越强的趋势。

罗伊支撑不住坐倒在地,拼命咬牙抗拒着那种无边的威压。

山洞前的丛林中,鸟儿、猴子、松鼠如同下雨一般往地上掉,一只奔到山

洞前的二级魔兽冰霜羚牛,腿一软就跪了下去,浑身瑟瑟发抖,怎么也站不起来。那些普通的小兽,更是躺倒一地,不少已经七窍流血,竟是活生生给吓死了。

就在罗伊咬牙硬挺的时候,忽然,一个熟悉的身影从洞前跑过,然后又哧溜一下折了回来,连滚带爬地冲进洞里,眼泪汪汪地一头撞进罗伊的怀里。

"奥利弗!"罗伊叫了起来,一时间也顾不上什么威压,什么恐惧,一把把肥狗抱了起来,高兴得眼泪都快流出来了。

奥利弗拼命往罗伊怀里钻,舌头猛舔罗伊的下巴。

"死狗!你跑哪里去了?"罗伊惊喜交集。

"汪汪……"奥利弗叫着,撅起肥屁股,摆了个搔首弄姿的优美曲线。

罗伊一脑门子汗,连忙问道:"你和麦芽儿在一起?"

奥利弗拼命点头。随即叫了两声,耸动鼻子,做了个东闻西嗅的模样。

"你们找我,然后呢?"罗伊向洞外看了一眼,问道,"那她到哪里去了?"

奥利弗呜呜地呜咽着,挣脱罗伊的怀抱,把前爪收在胸前,龇牙咧嘴,在罗伊面前的地上不住地跳着,似乎恨不得飞起来。

"龙?"罗伊吓了一跳,眼珠子都差点掉出来,"你们遇见龙了?"

奥利弗点头,一脸恐惧。

"然后呢?"罗伊想到奥利弗居然和麦芽儿遇见了一条龙,顿时吓得浑身冒汗。

汤姆为了救自己而死,这已经是罗伊心头永远无法弥补的伤口。他发

誓绝对不让自己身边的人再发生相同的悲剧。

虽然他和黑暗精灵小女孩认识不到一天,更互相攻击过,可是他没有忘记是麦芽儿出手帮他逃命,并和他一同跳下了悬崖。

罗伊很着急,奥利弗也很着急,一边叫着,一边比比划划。

"你们不小心钻进了龙洞,龙不在家?"罗伊一边听着奥利弗的叫声,一边仔细看着它的动作,口中喃喃念道。

当他看见肥狗兴奋地比了一个大圆圈,然后伸出舌头,一副垂涎欲滴的模样,心头骤然一凉,坏了!

"龙蛋?!"罗伊脸色苍白地看着肥狗……

话音刚落,就看见奥利弗张开大口一阵空咬,然后露着大肚子心满意足地躺在地上扭来扭去。

"你个王八蛋!"罗伊终于明白究竟是哪只魔兽在发怒了。

龙啊!一条龙啊!王八蛋奥利弗居然吃了人家的龙蛋!

罗伊顿时感到天旋地转,他含着眼泪就扑上去,抓住奥利弗左看右看,半天他也没看出有什么变化。

然后就是一通胖揍。

死狗,你吃什么不好,你干吗吃龙蛋啊!你个土狗,又不是魔兽,吃龙蛋有个屁用!让你给老子惹祸,让你给老子惹祸!

奥利弗张开嘴,猛地一哈气。

一股恐怖的气息,吓得罗伊一下跳出老远。

龙息?

看着奥利弗得意洋洋的模样,罗伊怒从心头起,顿时又扑了上去,抓住奥

利弗就是一通揉捏道："死狗，你吃个龙蛋就这么点出息！麦芽儿呢?！"

听到麦芽儿，奥利弗膜眉耷眼地趴在地上，用两只爪子蒙住了脸。

"快说啊，肥狗！"罗伊都快疯了。

被罗伊逼急，奥利弗很不好意思地汪汪叫了两声。

"你吃了龙蛋自己跑了，麦芽儿还留在龙洞里？"罗伊欲哭无泪地看着奥利弗。

肥狗一翻身，露出白花花的肚皮，哈喇着舌头，一脸天真无邪。

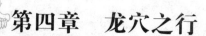

第四章　龙穴之行

能被巨龙看上的猎物，怎么也是六七级以上的魔兽吧。而一颗六级魔核，放到市场商人面前，就值至少五百金路郎！

手忙脚乱地把魔核搜刮一空，又收集了剩下的蛋清和蛋壳，罗伊随手一翻窝里的破烂毛皮，忽然发现一片布角。他下意识地用力一扯，将布料扯了出来。发现竟然是一件骑士的大氅。而在大氅下面，还有好几件破烂衣服和一个包裹。

一把抓起包裹，看看窝里再没有什么别的东西，罗伊飞快地跟着奥利弗穿过平台，从龙穴另一端的洞口钻了进去。

罗伊愤愤地捏着奥利弗的脸扯来扯去，恨不得把这条贱狗给掐死。

虽然奥利弗表达能力有限，很多细节都说不清楚。不过，基本情况是可以肯定的，那就是奥利弗和麦芽儿不经意进了龙洞，然后贱狗饿了。

天哪，肥狗奥利弗什么时候饿过肚子？

这简直比天塌下来还严重！

于是，当一颗龙蛋摆在面前的时候，从来不知道错过的奥利弗，决定立刻吃了它！

龙蛋并没有传说中那么美味，讲解的过程中奥利弗一度对龙蛋的味道嗤之以鼻，好像自己吃那颗龙蛋是给龙蛋面子。

反正还是吃了，总算填饱了肚子。

原本奥利弗准备睡上一觉，等在迷宫一般的龙穴中寻找出口的麦芽儿回来之后一起离开，结果麦芽儿没有等回来，龙蛋他妈先回来了。

然后这条肥狗很没义气地撒丫子跑了。至于麦芽儿……奥利弗有些不好意思地表示，估计现在还在龙穴里躲着呢。

"这么说来，那条龙没看见你们？"罗伊理理思绪问道。

奥利弗一脸得意地咧开嘴。

罗伊的脚底板刚刚印上奥利弗的脸，就听见天上传来一阵愤怒的龙吟。

顾不上教训贱狗，罗伊赶紧走到山洞边，小心翼翼地抬头望去。

只见远方山巅上，一条通体银色巨龙正在天空中盘旋。它的前肢蜷缩着，粗壮的后肢和长长的尾巴在飞行中上下起伏。那如同巨型蝙蝠一般的翅膀每一次扇动，都会发出拉风箱一般的声音。

它忽而疯狂地振翅高飞，直冲云霄，忽而如流星般向地面坠落，眼看接近

树丛又陡然拔高。随着它近乎疯狂的飞行,空中云涛如同开了锅一般翻滚起来,阳光洒在它比钢铁还坚硬的鳞片上,倒映出刺目的光芒。

当它飞过罗伊所在的这片丛林上空时,整个天空仿佛都被它的翅膀给笼罩了,天色一片昏暗。

这是罗伊第一次看见巨龙。他做梦都没想到,这竟然还是一条"神圣之龙",因为它身上有着天生克制亡灵的神圣属性!

罗伊收回头来,打了个寒战。

说实话,在艾瓦隆大陆的超阶魔兽中,位于十一阶的银龙还算不上最顶尖的魔兽。就罗伊所知,还有许多超阶魔兽的战斗力比巨龙更恐怖。可是,别说十一阶,就算是六阶、七阶魔兽,也不是一个潜能学徒和一只不入阶的贱狗可以招惹的。

什么骨矛也好,火弹术也罢,恐怕连巨龙的一只鳞片都伤不了!

这可怎么办?

麦芽儿现在还在龙穴里,无论如何也要把她救出来,不然等她被银龙发现,恐怕黑暗精灵就变成黑炭精灵了。

片刻之后罗伊下了决心。男子汉大丈夫有恩报恩,有仇报仇,大不了把这条命丢在这里好了。至于其他的事情,有命活下来再说。若是现在坐视不理,只怕以后就算成了圣骑士,杀了仇人,也会被汤姆和爷爷看不起!

想到这里,罗伊一咬牙,收拾好东西,对奥利弗说道:"龙穴在哪里? 带我去。"

奥利弗吓了一跳,躺在地上装死。

"十根香肠。"罗伊利诱。

奥利弗脑袋一偏。

"二十根！"罗伊加码。

奥利弗的腿动了动，随即又躺了回去。

"四十根！"罗伊下血本了。

奥利弗一下子就跳了起来，两眼冒光，尾巴摇得飞快。

"走，贱狗！"

出了山洞，罗伊在奥利弗的带领下小心翼翼地贴着山壁向左边前行。

行走不远，他们顺着山坡上了一个山脊。一路上，罗伊触目所及都是倒在地上的鸟兽。在银龙恐怖龙威之下，绝大部分的低级鸟兽都已经失去了行动能力，而那些中高阶的魔兽则已经深深地躲进了巢穴中，一点不敢露面。

这样的情况下移动，就需要分外小心。因此，只要银龙向这边飞来，罗伊和奥利弗就立刻翻着白眼倒地装死。等到银龙飞远之后才偷偷爬起来，做贼般一路小跑。

就这样跑跑停停，罗伊终于跟着奥利弗顺着一个隐蔽的峡谷钻进一个山洞。

在钟乳怪石中穿行不到两百米，罗伊就听见一阵哗哗的流水声。再往前走了大概五六百米，拐过一个弯，顿时看见一条暗河出现在眼前。

看见暗河，罗伊对麦芽儿和奥利弗为什么会误入龙穴总算是有一点明白。如果没猜错的话，她和奥利弗一定是被河水冲到了这里。

来不及理会这些事情，罗伊跟在奥利弗身后，沿着暗河一直向前，也不知道爬了多少坡，终于，一个巨大的洞穴出现在眼前。

这就是龙穴？罗伊捏着鼻子，强忍着龙穴中的腥臭味道，从一个洞口钻

进去,翻上山洞的平台,左右看了看,禁不住满心失望。

在吟游诗人的传说中,屠龙英雄都是杀死恶龙,然后在恶龙的巢穴里获得无数珍宝。可眼前的龙穴,除了一堆魔兽的骸骨和地面上的黑红血迹,什么都没有!

回过头,罗伊发现这里已经是一座大山的悬崖。放眼望去,茫茫群山之外是那条在远方天空中发疯一般寻找仇人的银龙。

千百年前,成百巨龙遨游飞翔的景象恐怕随处可见。而当人类迁徙到救赎之地后,就连巨龙也只能迁徙离开,百龙争速的壮观场景早已不复存在。

回想着种种传说,罗伊一时有些奇怪。

要知道,十一阶的巨龙属于智慧比人类差不了多少的高阶魔兽,和人类一样性喜群居。传说当年的魔兽大战之后,大部分高阶魔兽都被人类赶进了绝境,而不喜和其他高阶魔兽为邻的巨龙,则将新的聚居地选在了救赎大陆东面的断天山脉之中。

这就出现了一个问题,这里怎么会住着一条孤零零的银龙,而且还是一条产了蛋的龙。她的伴侣呢?

罗伊扭头看了看,发现平台的一处由野兽毛皮铺垫的窝里,散落着破碎的蛋壳。按照蛋壳的大小来看,恐怕有冬瓜那么大。

对于肥狗奥利弗来说,倒只算是一道开胃菜。

一脚将整个身体都趴在窝边蹬着小短腿伸长了脖子试图再舔舔龙蛋壳中残留蛋清的奥利弗踢开,罗伊眼前一亮,在奥利弗鄙视的目光中,飞快地捡起窝里的一些魔兽的魔核。

发财了！发财了！

从小就穷惯了的罗伊，拼命把魔核往自己的猎包中塞。

能被巨龙看上的猎物，怎么也是六七阶以上的魔兽吧。而一颗六阶魔核，放到市场商人面前，就值至少五百金路郎！

手忙脚乱地把魔核搜刮一空，又收集了剩下的蛋清和蛋壳，罗伊随手一翻窝里的破烂毛皮，忽然发现一片布角。他下意识地用力一扯，将布料扯了出来。发现竟然是一件骑士的大氅。而在大氅下面，还有好几件破烂衣服和一个包裹。

一把抓起包裹，看看窝里再没有什么别的东西，罗伊飞快地跟着奥利弗穿过平台，从龙穴另一端的洞口钻了进去。

巨龙所居住的大洞，是山中千百迷宫般的洞穴中最大的一个。钻进另一边洞穴，罗伊发现比起之前的暗河地洞，这边的洞穴的温度要高得多，地形也复杂得多。

到了这里，奥利弗的脚步就慢了下来。它必须沿途东闻闻西嗅嗅，才能在无尽的岔路中寻找到麦芽儿的气味。

一路走走停停，罗伊狂跳的心渐渐放松下来。以巨龙的体型，钻不进这边的小洞穴。由此看来，麦芽儿应该还算安全。

传说终究是传说，巨龙再怎么强大，终究也只是一只智力相当于人的魔兽，并非无所不能。

如果真是无所不能，别说人类想驯服巨龙当自己的坐骑，恐怕整个艾瓦隆大陆都是这些会飞的大蜥蜴的天下了！

奥利弗在前面撅着肥屁股，把鼻子贴在地上乱嗅。

　　看着它,罗伊一时间又是好气又是好笑。谁会想到这只土狗居然吃了银龙的一颗蛋。要知道,银龙可是圣教的圣兽,全大陆的银龙加起来也不过三五条。若是被圣教那帮家伙知道的话,恐怕立刻会把这只肥狗绑上火刑柱。

　　以前曾经听人说,奥古斯都的坐骑就是一条由教皇尼耶尔萨二世亲自赐予的银龙。不过,是一条雄性银龙,不知道跟眼前这只雌龙有没有什么关系。

　　罗伊心头幻想。

　　要是自己的宠物吃了奥古斯都宠物的孩子,那是不是表示自己已经赢了奥古斯都一局?

　　不,是两局!

　　老子现在可是公主的未来守护骑士!

　　只可惜,奥利弗吃龙蛋,比王八吃大麦更糟蹋好东西。除了会一口装模作样的龙息,这家伙什么变化都没有。

　　一路胡思乱想,罗伊发现洞穴越来越热。

　　等走到前面一个断崖处的时候,他忽然听到了一阵哭声。

　　低头看去,全身衣服破破烂烂几近赤裸的漂亮精灵,正蜷缩着腿,坐在断崖下面哭泣。那副抱着膝盖用手背抹眼泪的模样,完全就是一个小女孩。

　　罗伊心中大喜,总算找到了麦芽儿,他仔细打量起周围的环境。

　　断崖之下是地底深处,前面没有别的通路。一眼望去,几个如同巨大台阶一般的断崖一阶一阶降下。延伸过去,就是一条蜿蜒的火红熔岩河。整个地洞都充斥着飞舞流动的火元素,数也数不清。

小心翼翼顺着断崖侧面无声无息地下到地底，罗伊向麦芽儿走去。走到近处，就听见麦芽儿抹着眼泪的呜呜声。一边哭，她一边嘴里还嘟囔着，自言自语。

只听了两句，罗伊已经忍不住要笑出声来。

"妈妈，来救救我，麦芽儿快要死了。"

"我以后会乖乖听话，好好跟姐姐学东西，帮家族强盛，妈妈，来救救我啊！"

"人类都是坏蛋，大脑袋丑八怪，神族最好了，又英俊又有气质，以后我再也不戏弄他们了。"

"呜呜……"似乎说到了伤心处，麦芽儿把脸埋在膝盖上号啕大哭道，"我好想家，我要洗澡，我要吃东西，我要我的裙子，我的床，我的枕头，还有我养的小狐狸娜娜。"

罗伊失笑不稳，脚下一个趔趄，啪，稳住身形的时候，踢飞了一块石头。

麦芽儿一声尖叫，身子猛地缩成一团。

待她惊恐地回过头来认清身后出现的是罗伊之后，顿时如同抓住了救命稻草一般，哇的一声大哭着扑了过来。

被麦芽儿八爪鱼一般抱住，当做枕头哭了个稀里哗啦。不知道过了多久，罗伊听见麦芽儿委委屈屈抽泣道："我饿了！"

罗伊憋住笑，拿出干粮。

趴在罗伊身上的麦芽儿一把抓过，坐在一边，大口大口地吃了起来。

这个时候的麦芽儿，对罗伊完全不设防，才显露出精灵族小女孩的真实模样来。嘴巴包得鼓鼓的，活像只青蛙，低垂的眼睫毛上还挂着晶莹的泪水，

跪坐在地上的小腿两边分开，和大多数小女孩一样，呈一个 M 形。看起来可爱极了。

一边吃着，麦芽儿一边偷眼打量罗伊，心中忐忑不安。

"不知道自己刚才骂大脑袋丑八怪，有没有被他听见。万一被听见了，他把自己丢在这里可怎么办？"

她想着想着，一时间愁肠百转，小心思一动，空出一只手紧紧拉住了罗伊的衣角。

拉住了衣角算是放了一点心，扭头看见旁边的肥狗，麦芽儿忍不住狠狠瞪了肥狗一眼。

却不想肥狗斜着脑袋，一双天真无邪的眼睛带着困惑看着自己，似乎不明白自己为什么要瞪它。

麦芽儿委屈地咬着手中的干粮。

大小姐麦芽儿，平时表面上假装是一个特别有主见的孩子。不过，其实她自己知道那得是身旁有人的情况下。在魔界的时候，她最害怕一个人独处。只要身旁没有侍女和侍卫，晚上睡觉不挨着一个人，她就害怕得不得了，小脑瓜里总觉得黑夜中会有什么东西飞过来。

正是因为这个毛病，她阴错阳差来到救赎之地后，才不敢一个人在野外，更不敢和能识破自己的精灵在一起，而是想方设法混入到人类之中。

她游历过很多城市，可谁会想到这次在波拉贝尔却遇上了这么多倒霉事。先是打仗，然后逃跑路上被大脑袋识破身份，后来又跟着他一起跳崖……

从地下河洞里起来的时候，黑漆漆的山洞让麦芽儿终于又恢复到了精

灵天生缓慢的心智年龄，变成了一个怯生生六神无主的小女孩。

自己没有了主见，麦芽儿只能跟在肥狗的后面。

结果，一路到了龙穴。

当她发现龙穴外唯一的出口是悬崖，根本没路的时候。她气急了，狠狠地训了那只肥狗一顿，将所有责任归咎在乱带路的肥狗奥利弗身上。

骂了一通，大小姐的气算是消了，却发现如果自己单独离开的话，肯定记不住那迷宫般的岔道，于是她只能开口求那肥狗与自己一起探路。

因为顾及面子，麦芽儿虽然心里惴惴不安，还是充英雄走在前面。哪知道走着走着，身后的肥狗不见了。

再后来，那只龙回到了巢穴，愤怒的吼声和无形的龙威差点把人给吓死。自己慌不择路地往深处跑，就成了现在的模样。

一开始麦芽儿还挺恨肥狗奥利弗。

不过此刻看看奥利弗无辜的眼神，她觉得自己落到现在这个地步，似乎和奥利弗没什么关系。都是自己好强罢了。奥利弗再怎么也只是一只狗，什么都不懂。如果不是它带着罗伊过来，恐怕自己真的会死在这里呢。

麦芽儿一边吃着东西，一边动着小心思。

小姨说，女孩子没有靠山很可怕，那么，现在，自己是不是得找个靠山呢?

麦芽儿瞥眼看着罗伊，一脸若有所思，如同大人的模样。

第五章　精灵化蝶

　　光柱持续着,忽然,一片片花瓣从洞穴坚硬而黑色的地面升起,围绕白光旋转着,一片又一片,仿佛无穷无尽,最后形成一条长长的花藤,螺旋般缠绕在光柱上。

　　随着花瓣的出现,光柱开始分化成同样的花瓣形状。与此同时,空中隐约出现了风声、雨声、树叶摇曳声、水声,这声音组成一首美妙得让人迷醉的音乐。随着悠然的音乐,一种芬芳的气味充斥整个洞穴,让人熏熏然不知所以。

　　也不知道过了多长时间,音乐消散,满空花瓣也无声无息地消失于虚空。

　　看着狼吞虎咽的麦芽儿,罗伊一阵心疼。

　　他知道,麦芽儿沦落到这里,都是因为救自己的缘故。

　　也因此,从他坠下悬崖,最后看见麦芽儿和奥利弗那一眼开始,他就已经把这个女孩当做了自己生命中最珍贵的宝贝。哪怕在一天之前,他和麦芽儿之间还刀光剑影,哪怕他明知道她是一个来自魔界的危险黑暗精灵,

他也不在乎。

他只知道，从今往后，谁要是敢欺负麦芽儿，他就跟谁拼命。纵使有一天要因此和全世界为敌也在所不惜。

麦芽儿显然是饿急了，干粮吃得津津有味。怕她被自己盯着不好意思，罗伊干脆把自己刚刚从龙穴里搜刮来的东西拿出来清理。

"罗伊，你是特地来救我的吗？"麦芽儿嘴里含着东西，偏头问道。山洞燥热，烘得她脸上红红的，眼珠子那么一转，活像一只动着坏心思的小狐狸。

"是啊。"罗伊理所当然地点了点头。将包裹里的东西都倒出来，摊了一地。

"谢谢你。"麦芽儿开心一笑。

罗伊看了麦芽儿一眼，也笑了起来。想起自己第一次跟她见面就互相下黑手的情景，那时候只怕做梦都不会想到，自己会和她这样聊天说话。

"罗伊，这些东西哪来的？"麦芽儿看见罗伊从包裹中倒出来的东西，好奇地问。

她叫罗伊名字的方式很特别，罗字特别脆，伊字的音又微微拖长了一些，听起来有些亲昵的味道，让人觉得分外温暖。

罗伊心情放松，得意道："龙穴里偷来的。"

"哼！"麦芽儿被罗伊的话勾起了郁闷的回忆，瞪了旁边趴着打呼噜的奥利弗一眼说道，"难怪奥利弗会偷吃人家的龙蛋。"

"我也是跟它学的坏毛病。"罗伊随口胡诌，推卸责任，把注意力都集中到了包裹里的东西上。

死大脑袋，胡说八道，总把人家当小孩！

……